이것이 법이다 175

2024년 1월 22일 초판 1쇄 인쇄
2024년 1월 25일 초판 1쇄 발행

지은이 자카예프
발행인 김관영

기획 이기헌 왕소현 임동관 박경무 강민구 조익현
책임편집 최전경
마케팅지원 이원선

발행처 (주)로크미디어
출판등록 2003년 3월 24일
주소 서울시 마포구 마포대로 45 일진빌딩 6층
Tel (02)3273-5135 Fax (02)3273-5134
홈페이지 rokmedia.com E-mail rokmedia@empas.com

ⓒ 자카예프, 2015

값 9,000원

ISBN 979-11-408-2113-6 (175권)
ISBN 979-11-255-9575-5 04810 (세트)

이것이 법이다

175

자카예프 장편소설

로크미디어

CONTENTS

　-대한민국의 대통령으로서 저는 조국과 민족을 수호하고…….

　TV에서는 송정한의 대통령 취임 연설이 나오고 있었다.
　이제 드디어 대한민국의 대통령이 된 송정한.
　그가 가진 수많은 개혁과 관련된 계획은 절대 쉬운 게 아
니다. 분명히 수많은 사람들이 방해를 할 거고 송정한을 죽
이려고 들 거다.
　권력의 정점이 아닌 가시밭길의 시작.
　"안 가셔도 됩니까?"
　로버트는 그걸 보다가 물었다.
　"아, 괜찮습니다. 간다고 해서 뭐 바뀌는 것도 아니고 안

간다고 뭐라고 하실 분도 아니고, 도리어 너무 친밀하게 지내면 공격 대상이 될 수 있으니까요."

송정한의 대통령 취임식에 노형진은 초대받았지만 찾아가지 않기로 했다.

왜냐하면 변호사로서 그의 일을 하는 건 상관없지만 그 외의 경우 뒤에서 정책을 감 놔라 배 놔라 하는 비선 실세로 취급받을 가능성 역시 무시 못 하기 때문이다.

반격하면 그만인 노형진과 달리 이제 대통령이 된 송정한은 반격 자체가 정치적으로 위험한 일이라 공격받을 일을 미연에 방지하는 것이 최선이기에 노형진은 취임식에 참석하는 대신 일이나 하기로 했다.

물론 그럴 가능성이 높은 건 아니지만, 긁어 부스럼을 만들 이유는 없으니까.

"우리는 우리 일이나 하죠. 그래서, 하이디의 상황은 어떻습니까?"

그 말에 로버트는 긴 한숨으로 자신의 생각을 우선 표현했다.

"그 정도로 개판입니까?"

"개판이라고 하면 개한테 미안할 지경입니다."

"그 정도라고요? 아무리 그래도 나름 잘나가던 곳 아닌가요?"

"자본 잠식 상태인 건 아시죠?"

"네, 알고 있습니다."

"그리고 왜 그 꼴이 났는지도요."

"네."

그나마 이 정도로 망하는 상황은 아니었는데 전문 경영인 대신에 오너를 데려다 두고 운영하면서 누가 봐도 비정상적일 정도로 원가절감을 한 상황.

결과적으로 제품의 맛이 변하면서 손님들이 떨어져 나간 상황이었다.

"그래서 회생 가능성이 없다는 게 저희 쪽 판단입니다."

"흠, 그러면 이 폐업이 진짜라고 생각하십니까?"

"그건 또 아닙니다."

그 말에 고개를 흔드는 로버트.

"저희가 봐도 이건 하나의 쇼를 하는 겁니다. 일단 살아남고 보자, 뭐 그런 느낌이죠."

"그렇게 세를 줄이면 살아남을 수는 있는 겁니까?"

로버트는 노형진의 질문에 고개를 갸웃했다.

"불확실합니다."

"불확실해요?"

"네, 일단 긍정적인 의견과 부정적인 의견이 있습니다만."

"말해 보세요."

"살아남는다는 쪽은, 하이디가 업계에서 압도적인 자체 브랜드 상품의 공급처라는 점에 무게를 둡니다."

"하긴, 한국 우유 업계 쪽은 브랜드 네임의 영향력이 아주 강하죠."

그래서 사람들은 특정 회사 제품을 찾아 먹는다.

원래는 2강, 2중, 다수의 약 체재라고 봐도 무방했다.

하지만 2강 중 한 곳이 사고를 치고 나자빠지다시피 하면서 사실상 1강으로 재편되었고, 2중도 나름 자체 상품을 팔아도 될 정도의 브랜드를 가지고 있다.

"그리고 하이디는 2중도 아닌 다수의 약에 들어갑니다."

"약한 기업에 속하지만 그 안에서는 나름 강자라 이거군요."

"맞습니다."

"흠."

"그래서 다른 곳보다 더 많은 자체 브랜드를 공급하고 있는 것도 사실입니다. 애초에 하이디가 아니면 그 정도 양을 공급할 수 있는 시설을 가진 공장이 없기도 하고요."

수많은 지역 우유 회사가 있지만 그들은 지역 내 소수의 우유 소비량만 감당하지 전국 단위를 커버할 능력이 안 된다.

"다른 2강이나 2중의 경우는 자체 브랜드 상품을 공급하지 않는 건 아니지만 그중에서도 상위 클래스 상품만 공급하니까요."

"진짜 우유로 만든 상품들 말이죠."

"네. 사실상 환원유 시장에서 하이디의 입지는 절대적입니다."

문제는 환원유도 결국은 우유라는 걸 운영진이 잊었다는 거다.

물을 탄다고 해서 사람들이 먹지 않는 건 아니지만 어느 정도 맛을 유지하는 것은 필수임을 무시했던 것.

"틈새시장이라 이거군요."

"네."

그 틈새시장을 잘 지켰다면 하이디도 성장 가능성이 있었음에도 불구하고 섣불리 욕심을 부린 것이다.

"그러니 그 시장만 되찾고 수익성을 개선한다면 살아남아서 어느 정도의 수익도 되찾을 수 있을 거라 생각합니다."

"부정적인 쪽에서는요?"

"부정적인 쪽에서는 그렇잖아도 시장이 작아지는 상황이니 환원유 시장이 더 이상 커지지는 않을 거라고 생각하고 있습니다."

"흠…… 하긴, 요즘은 우유를 잘 안 사 먹죠?"

"네."

이유는 여러 가지가 있다.

물가 대비 너무 높은 우유의 가격, 줄어드는 인구와 주요 소비층인 아이들의 감소 등등.

"그런 이유로 일단 우유 시장은 극단적으로 규모가 줄어들고 있는 상황입니다. 솔직히 말해서 지금 우유 시장에서는 개인적으로 사 먹는 우유보다 커피에 타서 먹는 우유의 양이 더 많을 겁니다."

"하긴, 그건 그렇겠군요."

하루에 한 팩 이상 우유를 사 먹는 사람은 많지 않지만 우유가 들어가는 라테류를 먹는 사람들은 적지 않으니까.

"그렇다 보니 장기적으로 보면 환원유 시장은 줄어들 수밖에 없습니다."

"환원유로는 라테류를 잘 안 만들기는 하죠."

그럴 수밖에 없는 게 라테류는 커피의 진한 맛을 우유의 고소한 맛으로 커버하는 건데, 환원유의 경우는 그 고소한 맛이 확 줄어들기 때문에 이를 이용해 라테를 만들면 쓴맛이 좀 더 도드라질 수밖에 없다.

그런데 사람들이 라테류의 맛을 모르는 것도 아니니 환원유를 사용하는 카페는 맛없다고 소문나서 망하게 된다.

"비즈니스적으로 판단하면 하이디는 그냥 망하도록 두는 게 맞습니다."

투자가치도 없고 미래에 대한 비전도 불확실하니까.

"모두를 구할 수는 없으니까요."

"그건 그렇지요."

투자해서 살린다면 하이디가 정책을 좀 더 잘 짜게 될까? 그럴 리가 없다.

"하지만 노동운동이나 장기적인 관점에서 보면 하이디 방식으로 회사가 노동운동을 탄압하는 것은 확실히 좋은 건 아니죠. 특히 한국처럼 노동에 적대적인 나라에서는 말입니다."

"변호사로서의 저와 기업인으로서의 저의 대립의 문제군요."

"맞습니다."

"그렇다면 답은 간단합니다. 변호사로서 활동해야지요."

사람은 본업이라는 게 있다. 그리고 아무리 노형진이 성장하고 돈을 많이 벌었다고 해도 자신의 본업이 변호사라는 사실을 잊어버릴 정도로 바보인 것은 아니다.

"변호사로서 행동하시겠다는 건 하이디를 정상화하신다는 거군요."

"100%는 아닙니다."

100%일 수가 없다.

당장 경영진은 모조리 빼 버려야 하고, 그들과 동조했던 놈들과 현실적으로 불필요한 인원은 감원할 수밖에 없다.

"최후의 자구책이라면 이해라도 하겠지만."

하이디 놈들이 한 행동은 절대로 최후의 자구책이 아니다.

당장 그들은 자신과 자신을 따르는 놈들의 퇴직금을 선정산했다.

회장만 해도 그 퇴직금이 30억.

거기다가 따르는 놈들의 퇴직금과 일가의 퇴직금까지 생각하면, 그 금액은 충분히 살아남을 수 있는 금액이 될 거다.

그런데 그걸 선정산했다? 다른 직원들 건 안 주고?

더군다나 회장이기는 하지만 최근에야 들어온 놈이라 절대로 퇴직금이 30억이 될 수가 없다.

그 말은 자기들 마음대로 퇴직금 규정을 바꿔서 가져가는 금액을 늘렸다는 거다.

여차하면 진짜로 자신들 것만 챙겨서 가겠다는 식으로 굴고 있다는 거다.

"일단 자구책을 강구하기 위해서는 원유량을 늘려야 하는데 말이죠."

바보도 아니고 그런 기업에 분석 팀 하나 없을 리가 없다.

그런데 그럼에도 불구하고 아무것도 안 했다?

그 말은 분석 팀이 무능하든가 아니면 그 분석을 무시했다는 소리다.

"아마도 후자겠죠."

노형진은 쓰게 웃으며 말했다.

"그러면 하이디를 살리는 쪽으로 방향을 잡겠습니다. 인수하시겠습니까?"

"아니요."

하이디는 이미 오래전에 매물 시장에 나왔다. 하지만 누구도 사지 않는다.

비전이 없는 회사라고 소문난 데다 망하기 직전인 회사를 누가 빚을 떠안아 가면서까지 사려고 하겠는가?

"3천억을 부르는데 어떤 미친놈이 그걸 삽니까?"

이미 거의 자본이 잠식된 상황이고 사회적으로도 시장이 축소되고 있는데 3천억을 달라고 하니 살 사람이 있을 리가 없다.

"그러면 어떻게 하시려고요?"

"진짜로 망하게 해야죠."

"네?"

"진짜로 망하게 한다고요."

"방금 인수한다고 하셨잖습니까?"

노형진은 로버트의 말에 고개를 흔들었다.

"아뇨. 인수가 아닙니다. 살린다고 했지. 저놈들은 자기가 망하지 않을 거라는 걸 알고 있어요. 더군다나 이미 파워에서 밀려서 대기업에서 내쫓긴 놈들입니다."

하이디라는 작은 회사에 경영진의 자녀가 왔다? 그러면 가능성은 두 가지다.

하나는 어떻게 해서든 제대로 키워 보겠다는 거고, 다른 하나는 이제는 퇴물이 된 놈을 내쫓은 거다.

"자식이라면 모를까, 형제를 보낸다는 건 그냥 나가라는 소리죠."

하물며 누가 봐도 몇 년째 적자를 면치 못하는 기업이라면 더더욱 그렇다. 딱 먹고살 만큼만 챙겨 준다는 의미.

"그러니 그놈들을 더욱 쫄리게 만들어야지요."

"쫄리게 만든다 하시면……."

"어음부터 끌어당기죠."

"어음 말입니까?"

"네. 분명히 하이디에서 뿌려진 어음이 있을 텐데요?"

"엄청나죠."

"그거 가격이 얼마나 떨어졌죠?"

"그거야…… 어, 아, 그렇군요. 그거 완전 똥값이겠네요."

기업이 폐업하겠다고 하는 순간 뿌려진 어음의 가격은 말 그대로 시궁창으로 떨어지기 시작한다.

당연하다. 이미 자본 잠식 상태인 기업인 만큼 어음의 우선권이 떨어지기 때문이다.

폐업 전에 상환해 주면 다행이지만 망해서 나가는 기업이 그럴 리가 없으니까.

"그걸 긁어모으세요."

"그런데 그러다가 진짜로 폐업하면 어쩌시려고요?"

"과연 할까요?"

노형진은 피식 웃었다.

"진짜로 한다면 어쩔 수 없고요."

현실적으로 그들이 뿌린 어음은 얼마 안 될 거다.

사실 농장 입장에서야 어이가 없고 미칠 것 같은 노릇이겠지만 현실이 그렇다.

원유의 가격이 오른 것은 사실이지만 하이디는 원유 비율이 낮은 회사고 그나마도 최근에는 더더욱 낮춰서, 실제로 있는 소도 내다 팔거나 폐업해 버린 농장도 적지 않다.

55%는 되던 원유의 비중을 10%로 줄였으니 당연히 대부분의 농장들은 망해서 나갈 수밖에 없었던 것.

"그들에게서 사도 되고 어음 회사에서 사도 되고, 어느 쪽이든 상관없습니다. 닥치는 대로 사세요."

"흠…… 알겠습니다."

그 말에 로버트는 고개를 끄덕거렸다.

"핵심은 그놈들이 스스로 망한다고 확신하는 시점까지입니다. 아, 하지만 우리 이름으로 사면 안 됩니다."

"우리 이름으로 사면 안 된다고요?"

"네, 우리가 어음을 사는 건, 음…… 그래, 홍상방이라는 이름이 좋겠네요."

"홍상방요? 그런 회사는 우리 쪽에 없습니다만. 애초에 홍상방이면 중국식 이름인데요?"

"바로 그겁니다."

노형진은 씩 웃으며 말했다.

"그러면 참 기대가 될 겁니다, 그놈들. 후후후."

노형진이 하이디의 어음을 사는 것은 순식간에 소문이 돌았다.

그렇잖아도 하이디가 망한다는 소문이 도는 시점에서 당연히 어음의 가격은 똥이 되었다.

원래 어음의 할인, 그러니까 가격을 낮추는 행위는 시장기준으로 70%까지 가능하다.

하이디의 어음이 시장에 나오면 1천만 원짜리가 700만 원까지 떨어진다는 소리다.

사실 70%라는 어음할인도 불법적인 영역이지만 그렇게 안 하면 안 팔리는 어음들이 있고, 그중에서 대표적인 예가 바로 하이디의 어음이었다.

물론 법에서 정한 할인율은 따로 있고 실제로 시장에서도 어음의 종류나 만기 신용도 등 온갖 조건을 따져서 할인율이 결정된다.

하지만 음지의 시장에서는 그보다 낮은 할인율로 거래가 이루어지기도 한다.

그리고 폐업된다는 소문이 도는 경우는 그냥 바로 0%가 된다.

왜냐, 망하면 돈을 못 받으니까.

어떻게 해서든 최대한 피해를 줄여 보려는 것이다.

그나마도 지금 하이디처럼 폐업을 확정하면 어떤 거래도 이루어지지 않는다.

돈을 받지 못하는 게 확정적인데 그걸 누가 사겠는가?

그런데 어느 순간 소문이 돌기 시작했다.

'홍상방이라는 곳에서 어음을 사 준다.'

물론 공짜는 아니고 10%라는 터무니없는 가격이었다.

이 10%라는 가격이 무슨 의미냐면 사실상 망하는 게 확정적인, 그래서 돈을 받을 수 없는 곳에 붙는 가격이다.

그런데 왜 망하는 게 확정적인 어음을 10%라는 낮은 가격으로 살까? 착해서?

그럴 리가 없다. 아무리 착해도 망할 걸 알면서 돈을 주는 인간은 없다.

그럼에도 불구하고 어음을 10%라는 가격에 사는 것. 그건 핑계를 만들기 위해서다.

"이런 씨팔. 이게 뭐야? 이 소문이 사실이야?"

하이디의 대표이자 이번 계획을 설계한 박동찬은 직원의 보고를 듣고는 눈이 커졌다.

"확실합니다. 딱히 감추려 하지도 않습니다. 홍상방이라는 곳에서 우리 어음을 무차별적으로 사들이고 있습니다. 6개월 넘은 것도 이제 막 발행한 것도 신경 쓰지 않고 10% 가격에 구입하고 있습니다."

"아니, 미친. 그 가격에 판다고?"

"우리가 폐업을 한다는 소문이 돌아서……."

"끄응……."

그 말에 박동찬은 눈을 찡그렸다.

왜냐하면 사실 그 어음 문제도 그의 계획에 들어 있기 때문이다.

회사가 망하면 땡전 한 푼 받지 못하는 상황이 오기에 채권자들은 이자를 감면해 준다거나 원금을 감면해 준다는 식의 협상을 먼저 시도하는 게 일반적이다.

제로냐 80%냐의 상황에서 누구도 제로를 선택하지는 않으니까.

그건 상식이기에, 박동찬은 그런 협상을 통해 은행에서는 빚을 탕감받고 어음은 차라리 부도 처리를 통해 최저로 지급하려고 생각하고 있었다.

사람들은 부도가 나면 망한다고 생각한다.

실제로 그게 틀린 생각은 아니다. 하지만 또 100% 맞는 생각도 아니다.

그런 협상을 노리고 고의 부도를 내는 놈들도 분명 있으니까.

"그런데 홍상방이라는 놈들은 도대체 뭐 하는 놈들인데?"

"흔적이 없습니다."

"흔적이 없다고?"

"네. 지금까지 있던 회사도 아니고 기존의 어음할인 업체도 아닙니다. 이번에 새로 생긴 곳입니다."

"그런데 왜 산다는 거야?"

"그게……."

말을 하려고 하던 부하 직원은 잠깐 고민하다 입을 열었다.

"결국 받을 수 있다고 생각해서가 아니겠습니까?"

"너 이 새끼, 정보 흘린 거 아니지?"

"네? 아닙니다, 아니에요. 제가 그럴 리가 없지 않습니까?"

진짜로 망할 게 아니라는 걸 아는 자라면 충분히 이런 짓을 할 수 있다. 무려 90% 이상의 수익을 낼 수 있는 일이니까.

하지만 이번 계획은 완전 극비고, 몇몇 주요 임원들만 알고 있다.

그런데 이런 짓을 하는 놈이 나타나다니?

"아니, 미친 거 아니야? 도대체 왜 그걸 사는 거지?"

"그…… 진짜로 모르시는 겁니까?"

그 말에 보고를 하던 부하 직원은 순간 당황해서 물었다. 그런 직원에게 박동찬은 전혀 모르겠다는 듯 물었다.

"정말 모른다니까."

'아, 이런 새끼였지.'

그가 아는 세상이라고는 사람들이 그에게 재벌가 도련님이라며 설설 바닥을 기는 것뿐이다. 그러다 보니 그는 세상이 무서운 것도 모른다.

우유의 함유량을 55%에서 10%로 내리라고 했을 때 일부 사람들이 반대했지만 그들은 박동찬의 손에 모조리 모가지가 잘렸다.

그리고 그 후에 매출이 폭락하고 망하기 직전까지 가자 매출을 늘리지 못했다는 이유로 입 닥치고 있던 놈들까지 모조리 잘렸다.

박동찬은 세상을 몰랐고, 그래서 족치면서 자르면 잘리기 싫어서라도 매출을 늘릴 거라 생각하는 인간이었다.

하지만 애초에 처음부터 가능한 일이라면 그걸 누가 하지 않았겠는가?

그 덕분에 현재 하이디 내부의 전문 임원이라는 놈들은 죄다 아직 일을 배우느라고 허덕거리는 신입뿐이다.

핵심을 컨트롤할 인간이 없으니 일이 죄다 이상하게 굴러갈 수밖에 없다.

"그래서 왜 사느냐고! 그 새끼들은 미친 거 아니야? 허허, 누가 준대?"

히죽 웃는 박동찬.

그걸 보다 못한 직원은 조심스럽게 말했다.

"대표님, 홍상방은 중국식 이름입니다."

"누가 그걸 몰라?"

"야쿠자들이나 삼합회에서는 종종 이런 식으로 사업을 합니다."

"무슨 사업?"

'사업'이라는 말을 박동찬은 전혀 모르는 얼굴이었다.

하긴, 그럴 거다. 그런 세계에 대해 들어 본 적도 없을 테니까.

그런 놈이니 후계자 경쟁에서도 밀렸을 거다.

"간단하게 말씀드려서, 회사가 망해도 사장이 갚을 만한 인간이다 싶으면 사장 협박용으로 그걸 사 두는 겁니다."

"하하하, 무식한 새끼들이네? 주식회사가 뭔지 몰라?"

주식회사는 회사가 망해도 그 책임은 사장이 지지 않는다.

오로지 주주들만이 책임을 진다.

그래서 어떤 사장들은 극단적으로 책임감 없이 돈만 쪽쪽 빨아먹는 운영을 한다. 그러다 망해도 자신의 책임이 아니니까.

'무식하다니. 어이가 없네.'

무식한 놈이 남을 무식하다고 비웃자 직원은 쓰게 웃었다.

하지만 그렇다고 해서 부정하거나 화낼 수는 없는 노릇이었다. 자신에게는 소중한 회사니까.

"돈을 받아 내는 대상은 회사가 아니라 대표입니다."

"대표?"

"그렇습니다."

"그러니까 법을 좆도 모르는 무식한 놈이라는 소리잖아. 회사의 어음이 부도가 났는데 왜 대표한테 돈 달라고 하는데?"

"문제는 그게 아닙니다. 돈을 받아 내기 위해서라면 그놈들은 뭐든 하니까요."

"뭐든 한다고?"

"네. 납치, 고문, 협박 등등······."

말을 하던 직원은 문득 부르르 떨었다.

차라리 대표 본인만으로 끝나면 다행이다. 소문으로는 돈을 받아 내기 위해 가족들을 눈앞에서 한 명씩 해체했다던가?

"그중에는 살인이나 장기 밀매도 있습니다."

그 말에 지금까지 병신이라며 웃던 박동찬의 얼굴이 굳어졌다.

"살인이라고? 거기다 장기 밀매?"

"네."

"누구를? 직원을?"

"그게…… 직원은 보통 아닙니다."

직원이 회사가 망한 것에 대한 책임을 지는 경우가 무척이나 드물다 보니 그런 경우는 별로 없다.

"그…… 그러면?"

"당연히 고위직입니다."

"고위직?"

"그렇습니다."

회사의 대표라든가 이사의 직함을 가진 사람들. 그들을 납치해서 고문한 경우도 많았다.

"특히나 고위직들이 돈을 빼돌린 경우는 귀신같이 냄새를 맡고 납치한답니다."

"도…… 돈을 빼돌린 경우에는 그런다고?"

"네."

그 말에 박동찬은 흠칫했다.

마치 자신에게 하는 말 같았으니까.

실제로 기업이 망할 때 같이 망하는 대표는 거의 없다.

특히나 주식회사의 경우는 운영에 대한 책임을 질 뿐 그 피해에 대해 책임질 일이 없기 때문에 더더욱 그렇다.

"뭔 개소리야?"

떨리는 목소리로 말하는 박동찬.

하지만 직원은 걱정스러운 얼굴로 말했다.

"개소리가 아닙니다. 실제로 그렇습니다."

회사가 망했다고 해서 어음이 그냥 휴지 조각이 된다?

애초에 그런 건 관심 없다. 처음부터 법적으로 받을 수 없다는 걸 아니까.

그들에게 있어서 어음은 그냥 핑계다.

돈을 내놓지 않으면 너뿐만 아니라 가족의 장기도 다 팔아서 메꾸겠다는 핑계.

"특히 중국 놈들은 더더욱 그런 성향이 강합니다."

"강하다고?"

"네."

"아니, 뭔 말도 안 되는…… 하하하."

애써 웃으려고 노력하는 박동찬.

하지만 목소리가 떨리고 있었다.

왜냐하면 그는 누군가가 그에게 농담 따먹기 하는 걸 극도로 싫어하기 때문이다.

그리고 직원들도 그 사실을 알기에 이런 걸로 농담 따먹기를 하지 않는다는 것을 잘 알고 있었다.

"농담이 아니라……."

직원은 어떻게 해서든 설명하려고 했지만 그에게 날아온 것은 진지한 고민이 아니라 책상에 있던 유리 재떨이였다.

    두꺼운 유리 재떨이는 허공을 날아서 벽에 부딪히면서 박살 났다.

    "씨팔. 지금 뭐라는 거야!"

    "아니…… 그게……."

    "너 지금 내가 뒈지면 좋겠다 이거야?"

    "그게…… 아니라……."

    "그러면 왜 자꾸 그런 소리를 하는데!"

    그 말에 직원은 기가 막혔다.

    그가 말하는 것을 그만둔다 한들 홍상방이 어음을 안 살까?

    애초에 척 봐도, 어디서 소문이 돌았는지 모르지만 홍상방은 이미 이쪽 수작을 다 알고 있는 듯한 상황이었다.

    "죄송합니다."

    "죄송이고 나발이고 꺼져!"

    "네, 회장님."

    직원을 내보낸 박동찬은 떨리는 손으로 담배를 꺼내 물었다.

    "갚으면 될 거 아니야, 갚으면."

    어차피 진짜로 회사를 망하게 하려는 게 아니다.

    노조와의 협상을 유리하게 함과 동시에 채권자들을 압박해서 더 유리한 조건으로 채권 변제를 이끌어 내기 위한 수작일 뿐.

    그런데 장기 밀매니 뭐니 하는 소리를 하다니.

    "뭐, 어음이야 몇 푼 하지도 않고."

어차피 진짜로 폐업하지는 않을 거니까 그냥 돈을 쥐여 주면 그만이다. 그는 그렇게 생각했다.

하지만 그는 몰랐다.

노형진이 진짜로 어떤 힘을 가지고 있는지 말이다.

⚖️

홍상방에서 어음을 사는 것과 별개로 노형진은 다른 사람들을 만나고 있었다. 그건 다름 아닌 농장주들이었다.

사실 어렵지 않았다. 어음을 팔기 위해 미친 듯이 몰려들었으니까.

"그래서 파산 직전이시라고요?"

"네, 진짜 망하기 직전입니다. 무슨 수로 버틴단 말입니까?"

젖소를 무려 이백 마리나 키우던 농장주는 눈물을 뚝뚝 흘렸다.

절대로 작은 규모가 아닌 농장인데 그는 하이디의 폐업으로 절체절명의 위기였다.

"젖소가 이백 마리면 절대로 작은 곳은 아닌데요?"

노형진은 그 부분이 이해가 되지 않는다는 듯 고개를 갸웃했다.

왜냐하면 기본적으로 하이디에 우유를 납품하는 농장은 작은 곳이 많으니까.

대형 농장의 경우는 하이디보다는 다른 대형 회사들에 납품하는 편이다.

"그게……."

"말씀하셔도 됩니다. 도와드리려는 거니까요."

"원래 저희도 하이디와 거래하지는 않았습니다."

원래 다른 기업에 납품하던 상황.

한국에서 잘나가던 기업이었기에 별문제가 없었다.

그러다가 모종의 사건으로 해당 기업이 불매운동에 휩싸이면서 매출이 급감하자 해당 회사는 거래하던 농장의 숫자를 줄일 수밖에 없었다.

"그 사건은 알고 있습니다. 하지만 그런 경우는 보통 품질 관리를 위해 소형 농장부터 정리하는 걸로 알고 있는데요?"

"그게…… 뇌물을 요구했습니다."

"뇌물요?"

"네."

심사관이라는 인간이 와서 심사하면서 돈만 주면 위에다가 좋게 이야기해 주겠다고 했는데, 그 당시에 집안에 일이 있어서 돈이 없었던 그는 결국 돈을 주지 못했고, 얼마 후에 위생 불량으로 커트당한 것.

"저는 진짜 억울합니다. 위생 불량이라니요!"

"아, 알고 있습니다."

체계적으로 관리되는 농장이었고 위생 불량 요소는 없다

는 걸 이미 보고받은 상황이었다.

"그 후에 다급하게 받아 줄 곳을 찾기 시작했는데……."

1위 업체는 사실 협동조합이라 쉽게 들어갈 수가 없는 게 현실.

들어가기 위해서는 조합비를 내야 하는데, 뇌물도 주지 못하는 마당에 수억에 달하는 조합비를 낼 방법이 있을 리가 없었다.

그렇다고 다른 곳에 가자니, 다른 곳들은 규모가 그리 크지 않아서 사육 두수가 이백 마리나 되는 거대 농장이 들어갈 자리가 없었다.

"그래서 유일한 선택지가 바로 하이디였습니다."

그 후로는 고난이었다.

하이디는 원래 업체보다 요구하는 질이 낮은 대신 주는 돈도 적었다. 그나마도 모조리 어음이라, 결국 대출까지 끼고 소를 키울 수밖에 없었다.

그렇게 꾸역꾸역 버티고 있던 상황.

그런데 갑자기 하이디가 폐업을 발표한 것이다.

그는 살길을 찾아야 했다.

"그래서 파는 겁니다. 어떻게 해서든 이자라도 줄여 보려고요."

그는 고개를 숙이며 말했다.

어음을 할인하면 남는 게 없지만 그렇다고 쥐고 있어 봤자 휴지 조각이 될 뿐이니까.

"그러면 소들은 어떻게 되는 겁니까?"

그 말에 그는 입술을 깨물었다.

"죽여야죠."

"죽인다고요?"

"네."

죽여야 한다.

방법이 없다. 현실적으로 10%밖에 안 되는 어음으로는 원금은커녕 이자도 다 못 낸다.

"흠."

그 말을 들은 노형진은 턱을 쓰다듬었다.

'괜찮은 업체 같은데.'

모든 사람들을 구할 수는 없다. 실제로 한국도 우유가 남아돌아서 난리다.

그런 상황에서 모든 낙농업자를 구한다?

그것만큼 멍청한 짓이 어디 있겠는가?

'그렇다고 해서 방법이 없는 건 아니지.'

노형진은 속으로 미소를 지었다.

모두를 구할 수는 없지만 최소한 남의 죄 때문에 억울하게 망하는 것을 막을 방법은 있다.

"그러면 그 소를 파는 건 어떻습니까?"

"이미 알아봤습니다. 벌써 오래전에 알아봤죠."

이것이 법이다

그도 우유 농장을 하기에 현재 상황이 어떤지 누구보다 잘 안다.

매출은 줄어들고 기업들은 우유의 생산을 줄이고 있다.

"젖소는 누가 준다고 해도 안 가져갑니다."

"그 정도입니까?"

"네."

있는 농장도 쫓아내는 판국에 신규 농장을 받아 줄 여유가 없으니까.

"전국에서 적지 않은 숫자의 농장들이 폐업 중입니다."

실제로 대부분의 젖소들은 갈 곳이 없다.

판다? 팔려야 말이지.

파는 가격보다 그 기간 동안 소여물 먹이는 돈이 더 들어가는 판국이니 차라리 죽이는 게 속 편한 거다.

"그러면 수출은 어떻습니까?"

"수출요?"

그 말에 농장주는 어리둥절한 얼굴이 되었다.

"수출에 동의만 해 주신다면 제가 책임지고 어음을 100%에 판매할 수 있게 도와드리죠."

"뭐라고요?"

고작 10%라고 들었다. 하지만 휴지 조각을 쥐고 있으니 그거라도 받자는 생각에 찾아온 거다.

그런데 수출에 동의하면 어음을 100% 받아 준다니?

"물론 수출에 동의하신다고 해도 젖소를 비싼 가격에 사 드리지는 못합니다."

"그게 어딥니까."

차라리 죽이는 데 돈이 더 많이 드는 게 사실이다.

애지중지 키운 젖소를 죽이는 것도 마음 아프지만 죽이는 것도 결국은 비용이다.

죽일 때는 주사든 뭐든 써야 하는데 그것도 결국 돈이고, 거기에 수의사를 써야 하니 그것도 돈이고, 그렇게 죽은 젖 소를 파묻는 것도 돈이다.

고기로 판매? 애석하게도 젖소는 그렇게 팔 수가 없다.

보통 젖소로는 홀스타인종을 쓰는데, 홀스타인종 수컷의 경우는 어렸을 적에 거세해서 육우로 키우는 게 가능하다. 그렇게 하면 고기가 제법 먹을 만하니까.

하지만 암소, 즉 우유를 만들어 내는 품종은 고기 맛이 너 무 떨어져서 고기로 팔 수가 없다.

"그러면 그렇게 하죠."

"그러면 소들은 언제……."

차라리 하루빨리 팔고 싶은 마음에 농장주는 마음이 들썩 였다.

"다음 주 중으로 가져가겠습니다."

"다음 주요? 그렇게나 빨리요?"

"네, 이미 선박이 준비되어 있습니다."

그 말에 농장주는 이해가 되지 않는다는 얼굴이었다.

소도 준비가 안 되었는데 선박부터 준비한다니? 그의 상식으로는 이해가 안 가는 일이었다.

그런 그의 생각을 읽은 노형진이 빙긋 웃었다.

"원래는 우시장에서 사서 보낼 예정이었습니다. 하지만 뭐, 기회가 된다면 아는 분을 도와드려야지요."

그 말에 얼굴이 환해지는 농장주.

"가…… 감사합니다."

"별말씀을요."

"그러면 그렇게 알고 준비하겠습니다."

"계약서는 나가셔서 직원에게 말하면 다른 직원이 자세한 사항을 안내해 드릴 겁니다."

혹시나 마음이 바뀔까 두려운지 다급하게 나가는 농장주.

그때 안으로 들어온 로버트가 혀를 내둘렀다.

"손해 보시는 일이 없군요."

"제가 좋은 일을 한다고 했지 손해 본다고 하지는 않았지요."

노형진이 젖소를 사려는 이유는 뭘까? 그건 다름 아닌 우크라이나로 보내기 위해서다.

우크라이나는 전쟁으로 군수품을 비롯한 모든 게 부족하다.

더구나 우크라이나는 적지 않은 우유를 소비하는 나라 중 하나다.

그런데 피난 중에 소까지 끌고 갈 틈이 있겠는가?

당연히 농장 주인들은 젖소들을 두고 대피해야 했다.

남은 젖소는 굶어 죽거나 포탄에 맞아 죽거나 러시아군이 끌고 가거나 러시아군의 연습용 표적 취급을 당했다.

"후방에는 그나마 목초지도 있고 다른 농지도 있으니까요."

그러니 그곳에서 나오는 풀이면 충분히 젖소들을 먹이고 우유를 만들 수 있을 거다.

"최악의 경우는 잡아먹는 상황이 올지도 모르겠지만요."

"그럴지도 모르죠."

맛이 없다고 해도 고기는 고기다. 전쟁 중에 먹을 게 없어서 굶어 죽느니 젖소라도 먹는 게 낫다.

"어차피 한국에서는 장기적으로 젖소 수를 축소해야 합니다."

정부 시책이 그렇고 현실도 그렇다.

인구는 줄어드는데 농가 부양책이라고 하염없이 비싼 우유만 팔게 할 수는 없다.

"그러면 설마 하이디를 사시려는 게?"

"네. 우유는 완전식품이라고 하죠."

특히 전지분유 같은 건 빈국에 보급되었을 때 가장 효과가 좋은 물건이기도 하다.

"하이디는 멸균우유를 만들 능력도 되고요."

"처음부터 세계복지재단을 염두에 두셨던 거군요."

세계복지재단.

전 세계의 복지를 책임지는 집단이다.

그 이전에도 수많은 복지재단이 있었지만, 정치적 이유로 지역의 눈치를 보거나 지역 권력자에게 아부를 하거나 심지어 지역 권력자에게 구호 물품을 판매하는 경우도 있었다.

유엔에서도 눈치를 보며 움직이는 곳에는 생존조차 불투명한 사람들이 넘쳐 났고, 유일하게 대항하는 곳이 바로 세계복지재단이었다.

단순히 돈이나 물건을 주는 게 아니라 무력을 동원한 지역 수호와 더불어 그 과정에서 무력을 통한 자기방어까지 가능한 집단이니까.

그 이전의 구호 재단은 그 구호 재단이라는 이름 때문에 비무장이 원칙이라 지역을 잡고 있는 무장 세력의 눈치를 볼 수밖에 없었지만, 전면전은 못해도 최악의 경우 드론으로 지역 패권자를 폭사시킬 수 있는 세계복지재단을 건드리려는 이들은 없었다.

"기존에 더 싼 곳들이 많기는 한데요?"

"뭐, 그렇기는 하죠. 하지만 그곳에서 과연 소들을 수출할까요?"

"안 하겠군요."

시장에서 더 많은 소비가 시작될 테니까.

우크라이나뿐만 아니라 세계적으로 식량 부족이 시작되면 온갖 혼란이 발생할 테니까.

"좋은 생각입니다. 뭐, 약간의 손실이 없는 건 아니지만."

"그거야 다른 곳에서 보충할 수 있죠. 최소한 우크라이나 국민이 먹고 마시는 문제만 해결되어도 말입니다."

그걸 알기에 노형진은 한국에서 남는 소들을 해외로 수출할 생각이었다.

"그런데 소를 팔도록 하이디가 놔둘까요?"

"안 놔두면 어쩔 건데요?"

노형진은 비웃음을 날렸다.

"애초에 계약을 먼저 깨트린 건 그들입니다."

그리고 그들의 함정은 그들 스스로를 더더욱 위험한 상황에 처하도록 만들 거다.

"망한다고 쇼를 하고 싶었던 모양인데, 한번 망해 보라고 하세요, 후후후."

노형진은 자신 있게 말했다.

"제가 바라는 바가 그거니까요."

망해 봐라

    하이디는 속임수를 이용해서 일단 다른 곳들을 등치려고
했다. 그런데 생각지도 못한 상황이 닥쳤다.

    "뭐라고요?"

    "미안한데, 다음 주부터는 우유를 못 드립니다."

    "아니, 당신 미쳤어? 우유 납품 끊기고 싶어!"

    그 말에 우유를 가지러 왔던 하이디의 직원은 본능적으로
갑질부터 했다.

    언제나 그래 왔으니까.

    하지만 그런 모습을 본 농장주는 더더욱 차가운 얼굴로 말
할 뿐이었다.

    "뭔 소리예요? 우리가 납품을 안 한다고 했지 당신들이 안

받는다고 한 게 아닌데."

"그……."

그 말에 순간 말문이 막힌 직원.

그러자 옆에 있던 다른 직원이 어버버거리는 직원을 끌어
내며 말했다.

"갑자기 왜 그러시는 겁니까? 이러시면 저희도 곤란하죠."

"하지만 하이디는 폐업한다고 하지 않았습니까?"

"그거야 그랬죠."

"그러면 저도 살 방법을 찾아야 할 거 아닙니까?"

"그래서 다음 주부터 우유를 납품하지 않겠다는 겁니까?"

"네. 소를 다 팔았어요."

"다 팔았다고요? 이백 마리를요?"

"네."

그 말에 직원은 믿을 수가 없었다.

실제로 현재 젖소의 가격을 모르는 바가 아니니까.

"진짭니까?"

"제가 거짓말해서 뭐 하겠습니까? 이제 다른 거 할 겁니다."

한우를 키울지 아니면 육우를 키울지 그건 결정되지 않았
지만, 최소한 젖소는 아니었다.

"아니, 그러면 우리는 어쩌라고요?"

"그거야 내 알 바 아니죠. 애초에 제가 신경 쓸 일도 아니
고, 우리 신경 써서 폐업하시는 것도 아니지 않습니까?"

그 말에 직원들은 입을 다물었다. 사실이니까.

"일단 그렇게 알고 가세요."

농장주는 귀찮다는 듯 손을 휘휘 저었다.

축객령을 받은 두 직원은 황망한 표정으로 농장 사무실에서 나왔다.

얼마간 걸음을 옮기던 한 직원이 다른 직원에게 어이없는 표정으로 물었다.

"김 과장님, 이거 어떻게 해야 합니까?"

"뭘 어떻게 해? 받은 우유나 가져가서 납품하고, 보고하면 그만이지."

"네? 하지만 그러면 생산량이 부족할 텐데요. 여기 사육 두수가 무려 이백 마리입니다. 여기가 빵꾸 나는 건 엄청 큰데."

"그걸 네가 왜 신경 써?"

"네?"

"어차피 우리 회사 폐업 예정이잖아."

"아……."

그제야 젊은 직원은 뭔가 깨달았다는 듯 얼굴에 포기가 담겼다.

"왜 이제야 알았다는 듯 굴어?"

"아니, 그냥 설마 하는 그런 게 있었거든요."

"그래서 그렇게 지랄한 거냐?"

"순간 욱해서."

"야, 어차피 너나 나나 이제 나갈 사람이야. 뭘 신경을 써?"

"하긴, 그러네요."

그들은 빵꾸 난 걸 메꾸는 사람이 아니다. 그저 우유를 납품받아서 공급하는 사람일 뿐.

"그러니 가자. 다른 곳도 가야지."

"네."

"그나저나 이직 준비는 잘되어 가나?"

"안 하고 있었는데…… 그…… 해야겠네요."

젊은 직원은 한숨을 쉬면서 운전석에 앉았다.

"빨리 해, 인마. 한 살이라도 어릴 때."

"네, 과장님."

그렇게 출발하는 두 사람은 복잡한 마음에 아무런 말도 할 수가 없었다.

"뭐라고? 우유가 부족하다니 뭔 개소리야?"

공장이 돌아가기 위해서는 원자재가 있어야 한다.

우유 회사에서 원자재는 당연히 가공되지 않은 우유다.

하이디가 아무리 환원유를 많이 쓰는 기업이라고 해도, 10%뿐이라고 해도 일단 우유는 들어간다. 그런데 갑자기 우유가 없다니?

"일단 이번 주 분량은 되는데 다음 주 분량이 안 될 것 같아요. 한 20~30% 정도 빵꾸 날 겁니다."

"뭐? 야, 인마! 그러면 어쩌자는 거야? 구해야 할 거 아냐?"

"어떻게 구해요? 소를 죄다 팔았다는데."

"소를 팔았다고?"

"폐업하잖아요."

"아……."

그 말에 작업 담당은 머리를 긁적거렸다.

"젠장."

"모르는 것처럼 말씀하시네."

"모르겠냐. 그냥, 신경 쓰지 않고 싶었던 것뿐이지."

몇 달 후면 백수가 된다. 그 상황을 받아들이고 싶지 않았던 것뿐이다.

그걸 알았기에 그는 입맛을 다실 수밖에 없었다.

"알았다. 빵꾸면 어쩔 수 없지."

"생산량, 줄어들겠네요."

"어쩔 수 없잖아. 환원유를 지금보다 더 탈 수도 없고."

제조법을 바꾸는 건 절대로 쉬운 일이 아니다.

잘 알려지지 않은 사실이지만, 제조법을 바꾸기 위해서는 식약청의 허가를 별도로 받아야 한다.

추가하거나 감소하는 게 어떤 영향을 줄지 모르기 때문이다.

당연히 당장 허가를 받을 수도 없고, 그 허가가 나오기도 전에 회사는 폐업 예정이다.

"빵꾸 확정이네."

머리를 긁적거린 그는 몸을 돌렸다.

"생산량 줄여야지, 뭐."

이제 애정도 없는 회사이니 고민할 필요도 없다.

현재 회사가 처한 상황에, 직원들의 대응은 너무나 뻔했다.

그리고 그게 점점 회사의 숨통을 조이고 있다는 걸 박동찬이 알아차리기에는 너무 늦었다.

"뭐? 생산량이 50%가 줄어?"

"네."

"아니, 뭔 소리야? 갑자기 생산량이 왜 50%나 줄어?"

"그게…… 여러 가지 이유가 있습니다만."

"무슨 이유?"

"그게……."

한번 재떨이를 맞을 뻔한 직원 입장에서는 쉽게 입을 열수가 없었다.

하지만 그렇다고 계속 입을 다물고 있을 수 있는 것도 아니었다.

"빨리 말 안 해!"

다시 한번 새 재떨이를 붙잡는 박동찬의 모습에 부하 직원은 다급하게 입을 열었다.

"일단 농장에서 우리 어음을 안 받습니다."

"허? 우리 어음을 안 받는다고? 미친 새끼들이! 죽으려고 작정했나."

"어차피 망할 게 뻔하니까요."

폐업을 예정한다고 블러핑을 하기는 했지만 그 상황에서 현금을 줄까?

그럴 리가 없다. 당연히 어음으로 대충 퉁치려고 했다.

그리고 그걸 받아 줄 만큼 멍청한 농장은 없다.

물론 전이라면 아마 다급하니까 그거라도 받으려고 했을 거다. 그거라도 받아서 할인 판매를 하지 않으면 사료를 사지 못하고, 사료를 사지 못하면 소들이 굶어 죽으니까.

지금까지 하이디는 그걸 약점 삼아 흔들어 왔다.

하지만 이제는 상황이 달라졌다.

소? 그냥 팔면 되는 거다. 그리고 그냥 새로운 일을 찾으면 된다.

심지어 오래 걸리는 것도 아니고 당장 팔 수 있다는데, 그것도 거져 줘도 안 가져가는 한국과 다르게 적당한 가격을 준다는데 팔지 않을 이유가 없었다.

"그리고 이미 판매한 농장들에서는 더 이상 추가 생산이나 공급은 없다고."

"아니, 미친! 그러면 우리는?"

"그거야…….“

"씨팔. 그러면 우리는!"

"일단 다른 회사에서 원유를 사 오는 게 현실적으로 최선입니다."

"미쳤어?"

당장 자신들이 줄 돈이 아까워서 폐업한다는 가짜 쇼를 다 했는데 이제 와서 다른 회사에서 비싼 값에 원유를 사다가 섞어서 팔자니?

"하지만 이대로는 한 달 이내에 원유가 포함되는 모든 제품이 생산 불가 상태가 될 겁니다."

그나마 한 달도 최대한 길게 잡은 거다. 현실적으로는 그보다도 더 빨리 공장이 멈출 수밖에 없다.

"뭐?"

공장의 정지.

그건 블러핑을 통해 협상의 우위를 차지하려 했던 박동찬의 예상과는 너무나 다른 이야기였다.

"무슨 말도 안 되는 소리야? 아니, 공장이 멈춘다니?"

"우유가 없으면 당연히 멈출 수밖에 없습니다."

환원유의 사용? 그것도 어느 정도다.

물론 100% 환원유 제품이 없는 건 아니다.

그러나 그런 제품이 차지하는 비중은 터무니없이 낮고, 당연히 그것만으로는 회사를 유지할 수 없다.

그렇다고 정부에 제조법 변경을 허가해 달라고 요청한들 쉽게 허가해 줄 리가 없다.

원유의 양을 55%에서 10%로 줄이는 것도 온갖 뇌물을 다 써서 가능했는데 환원유 100%라니.

그건 그 순간부터 우유라고 부를 수도 없는 수준이 아니던가?

"아니, 씨팔. 그러면 어쩌자는 거야? 해결을 해야 할 거 아니야!"

박동찬은 길길이 날뛰기 시작했다.

하지만 직원도 할 말이 없었다.

해결할 방법이 없는데 어떻게 해결하란 말인가?

상식적으로 있는 우유를 안 파는 것도 아니고, 다른 곳에 납품하는 것도 아니다.

차라리 그런 거라면 어떻게 설득하든 협박하든 해서라도 해결하면 되겠지만, 젖소를 모조리 팔아 버렸다는데 어떻게 원유를 납품시킬 수 있겠는가?

"일단 다른 농장을 확인해 보겠습니다."

직원이 다급하게 박동찬의 화를 잠재우려고 하는 그 순간, 갑자기 문이 벌컥 열리면서 비서가 들어왔다.

"회…… 회장님, 큰 문제가 생겼습니다."

"문제? 무슨 문제? 나라가 망하기라도 했냐!"

"그게, 홍상방에서 찾아왔습니다."

"홍상방?"

그 말에 박동찬은 흠칫했다.

홍상방. 자신들의 어음을 회수하던 그 중국계 기업이 아니던가?

직원의 말에 따르면 중국 삼합회 계열의 폭력 조직일 가능성이 높다고 했다.

"왜?"

"그…… 그게…….”

그 순간 밖에서 비명이 들렸다.

"꺄악!"

"으악!"

"뭐 하는 거야!"

"비켜, 빵즈 놈들아!"

막는 사람들을 밀어내면서 들어오는 남자들.

한두 명도 아니고 무려 서른 명이 넘는 놈들이 몰려들자 누구도 섣불리 막지 못했고, 일부 용기 있게 막으려고 하던 사람들도 제대로 저항도 하지 못하고 밀려났다.

"당신 뭐야!"

사람들을 밀어낸 남자는 들어와서 다짜고짜 박동찬의 바로 앞에 섰다.

"나? 홍상방의 대표 제갈주다."

"제갈주?"

"그래. 돈 내놔."

"돈? 무슨 돈?"

"만기가 도래한 어음 18억."

그 말에 당황해서 직원을 바라보는 박동찬.

그러자 직원은 당황해서 떠듬거리며 말했다.

"마…… 만기가 도래한 어음이 그 정도는 될 겁니다."

"뭐? 씨팔. 뭐 그렇게 많아?"

"그게, 안 준 것도 제법 많고……."

어음으로 원유의 가격을 내 온 데다, 폐업 계획을 세운 후에도 고의적으로 어음을 다시 어음 발행으로 틀어막으면서 어떻게 해서든 막으려고 노력해 온 터라 18억이나 쌓인 것이다.

"그거 내놔."

"없어."

무려 18억이란다.

그 정도 되는 어음이 있을 거라 생각하지 못한 박동찬은 당연히 단호하게 선을 그었다.

"없다라……. 으하하하하!"

그런데 제갈주라는 놈은 화를 내기는커녕 크게 웃었다.

"어이, 빵즈. 너, 내가 누군지 아니?"

그리고 대담하게도 다가와서 뺨을 톡톡 두들겼다.

"빵즈 놈, 미쳤구나."

"너 이 새끼."

"없다? 그래, 그러면 부도 처리하지 뭐."

"아…… 안 됩니다."

그 말에 직원은 다급하게 박동찬을 부여잡았다.

"회장님, 여기서 부도 처리가 되면……."

"크윽."

부도 처리가 되면 그때는 은행에서 원금 회수를 시도할 가능성이 100%다.

그렇게 되면 협상이고 나발이고 진짜로 회사가 망하게 된다.

블러핑은 저쪽에서 속았을 때나 효과가 있는 거지, 블러핑에 관심도 없고 규정대로 처리하려 할 때는 아무런 효과도 없다.

"일단 지급해야 합니다. 그 정도 돈은 있습니다."

"돈이 썩어 넘치는 줄 알아?"

"알고 있습니다. 하지만 부도 처리와 폐업은 전혀 다릅니다."

직원은 다급하게 박동찬을 말렸다.

"하지만."

그 말에 박동찬은 이를 악물었다.

그가 이러는 이유는 간단하다.

분명 제갈주는 자신에게 만기가 도래한 어음이라고 했다.

이는 제갈주, 아니 홍상방이 아직 만기가 도래하지 않은 어음도 쥐고 있다는 걸 의미한다.

'미치겠네.'

도망갈 데가 없다는 게 이런 건가, 하는 생각에 박동찬은 숨이 콱콱 막혔다.

후계 경쟁에서 밀려서 여기로 쫓겨 올 때도 이 정도는 아니었다.

먹고 떨어지라는 식으로 받은 하이디지만 그래도 나름 이름이 있는 기업이라 이곳이라면 충분히 재기가 가능할 거라 생각했으니까.

"일단 지급하고 문제를 해결해야 합니다."

"끄응."

박동찬은 이를 박박 갈았다.

하지만 방법이 없었다. 부도를 맞는다는 건 생각보다 심각한 문제였다.

그리고 박동찬의 자존심은 너무나 강했다.

"너 이 새끼, 내가 누군지 알고. 야! 경찰 불러서 이 새끼들 끌어내!"

그 말에 제갈주가 목소리를 높여서 웃었다.

"껄껄껄."

"웃어?"

"빵즈 놈이 경찰을 부르란다, 으하하하하!"

중국어로 뒤에다 말하자 부하들도 마구 큰 소리로 웃기 시작했다.

"어이, 빵즈. 너 말이야, 진짜 세상모르는구나."

"뭐?"

"배때기가 갈라져서 자기 내장이 털려 나가는 꼴을 봐야 정신 차릴 놈이군."

제갈주는 히죽 웃으며 전화기를 들었다.

"어. 난데, 지금 바로 하이디의 어음들 모두 부도 처리해."

그 말에 박동찬은 정신이 번쩍 들었다.

무려 18억이다. 그게 아까워서 절대로 부도 처리 못 할 거라고 생각했다. 그런데 부도 처리를 한다니?

그리고 이어지는 말에 그는 정신이 아득해졌다.

"퇴직금으로 30억 챙겨 갔다면서? 그거랑 네놈 가족들 장기를 팔면 뭐 손해는 안 보겠어, 후후후."

그제야 박동찬은 이들이 어떤 놈들인지에 대해 생각이 미치며 두려움이 생기기 시작했다. 자신의 힘으로는 어쩔 수 없는 미친놈들.

"주…… 줄게. 주겠다고!"

"그래. 줘야지, 빵즈 놈아."

제갈주는 중국 계좌 하나를 던져 주면서 잔인하게 웃었다.

"그러면 다음 어음도 시간에 맞춰서 주기를 기대하지."

"큭."

떠나는 제갈주 패거리를 보면서 박동찬은 일이 단단히 잘못되었다는 사실을 느끼고 있었다.

"이게 아닌데."

"18억이 들어왔습니다."

"그럴 겁니다."

"의외군요. 배를 째는 한이 있어도 안 줄 거라 생각했는데요."

로버트는 노형진에게 말하면서도 고개를 갸웃했다.

절대로 주지 않을 거라 생각했던 돈을 너무 쉽게 받아 냈으니까.

"자기가 죽기는 싫을 테니까요."

"하지만 홍상방은 아무것도 아닌데요?"

"알 수가 없죠."

물론 진짜 작심하고 알아보려고 한다면 알아볼 수 있을 거다.

삼합회 소속인지 아닌지, 그들에게 물어보면 대답해 줄 테니까.

"하지만 그들이 삼합회 소속이 아니라고 해도 결국 중국인들인 건 마찬가지죠."

그날 하이디에 가서 깽판을 친 사람들이 중국인들인 건 맞다.

그러나 진짜 홍상방의 조직원은 아니다. 그저 돈 주고 고용한 연기자들일 뿐이다.

"중요한 건, 박동찬은 자신과 가족의 목숨을 걸고 도박할 놈이 아니라는 거죠."

남의 인생을 걸고 블러핑은 할 수 있겠지만 자기 인생을 걸고 블러핑? 그게 가능한 놈이라면 그렇게 어이없게 후계자 경쟁에서 밀리지는 않았을 거다.

"일단 어음을 환수하기 시작했으니 손해는 없겠군요."

"아, 손해보다는 이득이 크죠."

농장주들이 가진 어음은 그들이 소를 파는 조건으로 원가에 준하는 가격을 줬지만, 어음 회사들이 가지고 있던 어음의 경우는 얄짤없이 10%에 구입했다.

어음 회사들은 애초에 그런 위험부담을 감수하고 터무니없이 싼 가격에 어음을 구입하는 곳이니까.

"이제 박동찬이 슬슬 쫄리기 시작하겠군요."

박동찬 입장에서는 돈은 계속 줘야 하는데 우유의 생산이 멈춘다면 정신이 혼미해질 거다.

물론 사내유보금이 어느 정도는 있을 테니 버틸 수 있을지도 모른다.

"하지만 그 사내유보금이라는 건 뻔하죠."

매달 지급해야 하는 월급과 이자 그리고 여러 가지 경비가 있으니 당연히 무서울 정도로 빠르게 줄어들기 시작할 거다.

"아마 자신이 왜 그런 짓을 했나 후회하고 있을 겁니다, 후후후."

"하지만 그렇게 된다면 원유를 사서 제품을 만들어 판매하려고 할 텐데요?"

"그게 문제죠."

돈이 없다. 그리고 이미 자본 잠식 상태다. 더군다나 몇 달 내에 폐업을 예정하고 있다.

"그러면 돈을 어디에서 구할까요? 본사에서? 그게 가능할 리가요."

왜 하이디를 박동찬에게 줬을까? 착해서? 미래를 개척하라고?

아니다. 회사 입장에서는 계륵이니까 준 거다.

망해 가는 회사, 이거나 먹고 떨어지라고.

"그러니 회사에 돈을 투자해 줄 리가 없죠."

어차피 그들도 한국 낙농업의 미래가 밝지 않다는 것쯤은 알고 있을 거다.

다만 어떻게 처분할 방법이 없어서 계속 유지하고 있었던 것뿐.

"그걸 멍청한 경쟁자 하나와 함께 날려 버릴 수 있다면 그들 입장에서는 완전 땡큐죠."

가족과의 정? 그런 게 있었다면 박동찬을 하이디에 처박아 버리지도 않았을 거다.

"그렇다고 은행? 그게 될 거라 생각하십니까?"

"될 리가 없죠."

은행 입장에서 폐업이 확정된 기업에 대출을 해 줄 리가 없다.

"그리고 아시겠지만 이 폐업이라는 건 말입니다, 대표가

'내일부터 폐업할래.' 한다고 해서 되는 게 아닙니다."

"그렇죠. 어찌 되었건 하이디의 경우는 주식회사니까."

물론 개인 가게나 한 기업의 독점적인 회사라면 그게 가능할지도 모른다. 하지만 명백하게 하이디는 주식회사다.

그러면 폐업하기 위해서는 어떤 과정을 거쳐야 하느냐?

당연히 주주들의 동의를 얻어야 한다.

하다못해 폐업하기 위해 주주들의 주식도 긁어모아야 한다.

51% 이상의 주식을 쥐고 있어야 폐업 결정이 가능하다.

"그런데 박동찬이 그만큼 쥐고 있을까요?"

"그럴 리가 없죠. 그러면…… 아, 그렇군요. 이 새끼, 그런 목적도 있었던 거군요."

"맞습니다."

폐업 운운하는 순간부터 주식은 바닥을 향해 곤두박질치기 시작한다.

실제로 현재 하이디의 주식의 가격은 무려 70% 이상 빠진 상태다.

"그런데 더는 안 빠진단 말이죠. 왜 그럴까요?"

"누군가 사고 있는 거군요."

매물이 넘쳐 나는 상황이어야 하는데 의외로 하이디의 주식은 시장에 매물이 없다.

기업인들이나 주식을 쥔 사람들이 혹시나 하는 마음에 계속 쥐고 있는 걸까? 아니다.

"누군가가 사는 거고, 그게 누군지는 뻔하죠."

"하긴, 생각보다 경영진이 위기를 만드는 경우가 많죠."

사람들은 경영진이 언제나 수익을 최우선으로 하고 그걸 위해 노력한다고 생각한다.

하지만 경영진이 고의로 위기를 만드는 경우가 얼마나 많은지는 잘 모른다.

뭔가를 목적하다가 삐끗해서 위기를 만드는 게 아니다.

진짜 말도 안 되는 이유로 위기를 만든다.

왜 그럴까?

"주식의 확보가 문제인 거죠."

주식을 쥐고 자기 마음대로 하고 싶은데 주식이 비싸니까.

그런 경우에 가장 좋은 방법은 기업의 위기를 만들어서 주가를 폭락시키고 쏟아지는 매물을 싹 다 거둬들여서 자신의 주식의 양을 늘리는 거다.

"경영권 확보 또는 상속 등의 상황에 그런 짓거리를 많이 하죠."

그리고 박동찬에게는 그런 계획도 있을 거다.

"그런데 어쩌죠? 이미 우리가 주식을 싹 쓸어 왔는데."

아마 박동진은 자신이 걸리지 않도록 야금야금 주식을 사 왔을 거다.

"그렇잖아도 얼마 전에 5%가 넘었습니다."

"5% 공시 룰에 해당되는군요."

"네, 맞습니다."

적대적 인수 합병을 막기 위해 정부에서는 주식의 5%를 초과하는 경우 그 사실을 무조건 공시하도록 되어 있다.

그리고 마이스터가 사들인 하이디의 주식은 얼마 전 5%를 넘었다.

"그러니까 이제 공시를 하죠."

"네, 그러면 폐업 반대를……."

"네? 아니요. 반대하면 안 되죠."

그 말에 노형진은 씩 웃으며 말했다.

"우리 포지션은 폐업 찬성입니다."

"네? 하지만 그러면 폐업이 가능해지는데요?"

"네, 그게 목적입니다. 박동찬도 자기가 가진 주식을 휴지로 만들고 싶지는 않을 테니까요."

회사가 폐업하는 순간 박동찬은 알거지가 된다. 당연히 그는 진짜 폐업하고 싶지는 않을 거다.

그럼에도 불구하고 그가 폐업이라는 블러핑을 할 수 있는 이유는, 자신이 폐업을 주장해도 다른 주주들이 반대해서 결과적으로 폐업이 실패할 걸 알고 있기 때문이다.

"그러니 우리는 폐업에 찬성하는 겁니다."

"아하!"

이제는 폐업이 블러핑이 아닌 현실이 되어 버리는 상황.

그 상황에서 박동찬은 점점 더 코너에 몰리게 될 거다.

이것이 법이다

"이유는…… 음…… 장비의 우크라이나 수출 정도면 되겠네요."

확실히 폐업 때문에 젖소도 수출했으니 가공 장비도 수출하는 게 맞기는 하다.

"하긴, 멀쩡한 기업에서 사서 보내는 것보다는 고철 가격으로 처리해 버리는 게 훨씬 싸겠네요."

쓸 수 있는 장비로써 구입하면 그 가치가 비싸지만, 고철의 경우는 그 가치를 인정하지 않기 때문에 싸질 수밖에 없다.

"그리고 현실적으로 한국에 그걸 인수할 기업은 없죠."

자기네 장비도 팔아먹고 싶은 상황일 텐데 그걸 누가 사겠는가?

더군다나 원유 가공 장비도 아닌 환원유 가공 장비를 말이다.

"그러니 고철이 되겠군요."

"맞습니다."

그리고 이쪽이 주식을 쥐고 있으니 그 고철에 대한 우선권을 요구할 수 있다.

"과연 박동찬은 자기가 망해 간다는 사실을 어떻게 받아들일지 궁금해지네요, 후후후."

⚖

"고…… 공시?"

"네, 마이스터가 공시를 했습니다. 우리 주식의 5%를 그 놈들이 쥐고 있습니다."

"아니, 씨팔. 왜?"

분명 자신이 아는 한 마이스터는 주식을 가지고 있지 않았다.

물론 공시하지 않은 소수의 주식이야 있을 수 있겠지만, 폐업하겠다고 고지한 시점에서 갑자기 주식을 긁어모을 이유가 없지 않은가?

"그게, 우리 장비가 목적이랍니다."

"장비가 목적이라고?"

"네."

"우리…… 공장 장비 말이야?"

"네. 고철로 처리해서 우크라이나로 수출할 계획이랍니다."

그 말에 박동찬은 심장이 덜컥 내려앉았다.

우크라이나 전쟁이 계속되고 있다는 것은 알고 있었다. 하지만 설마 그게 자신에게 영향을 줄 거라고는 상상도 못 했다.

"아니, 말이 되는 소리야? 우크라이나에 우리 장비를 왜 보내?"

"모르죠. 중요한 건 그놈들이 우리의 폐업을 원하고 있다는 겁니다."

확실히 폐업한 후에 고철 처리된 장비를 싸게 사서 수출하는 게 이득이니까.

"그리고…… 그……."

"그?"

"비율이 아슬아슬합니다."

"아슬아슬하다고?"

"네. 현재 우리가 가진 주식에 5%의 주식을 가진 마이스터를 더하면 폐업의 비율이 41%가 됩니다."

"아직 멀었잖아?"

"그게 문제입니다. 마이스터가 여전히 주식을 긁어모으고 있습니다."

마이스터는 지금 이 순간에도 폐업을 목적으로 주식을 긁어모으고 있었다.

그러다 보니 상황이 웃기게 된 것.

"어…… 이러면 곤란한데."

사실 박동찬은 지금 상황을 원한 게 아니었다.

최대한 자신이 주식을 긁어모으고, 그게 안 된다면 주주들로부터 양보를 얻어 내서 기업을 쥐고 흔드는 것.

그게 박동찬의 목적이었으니까.

그런데 마이스터는 아예 목적이 다르다.

확실하게 폐업하는 것. 그게 목적이다.

그런 상황이다 보니 현실적으로 자신들의 미래가 위험해질 수도 있다. 폐업을 해서 자신이 나가면, 박동찬의 주식은 휴지 조각이 돼서 재기도 불가능해지니까.

그는 회사를 지배하고 싶었던 거지, 길거리에 나앉고 싶은

게 아니었다.

'이게 아닌데.'

박동찬은 손이 바들바들 떨렸다.

만만하다고 생각해서 블러핑을 하기 시작했는데 그걸 이용하려는 놈이 나타날 줄은 몰랐다.

"노조……. 그래, 노조에서는 뭐라고 해?"

"최대한 정리 해고를 받아들이겠다고 합니다."

노조 입장에서도 기업이 사라지는 꼴을 그냥 두고 볼 수는 없으니 선택지가 없다시피 한 상황이었다.

"끄응…… 일단 정리 해고부터 시작해. 최대한 빨리."

"빨리 말입니까?"

"그래."

이렇게 된 이상 목적을 바꿔야 한다.

챙겨 먹을 것만 최대한 챙겨 먹고 빨리 손을 터는 게 최선이었다.

"알겠습니다."

하지만 그는 몰랐다, 정리 해고라는 게 그렇게 쉽게 이루어지지 않는다는 것을.

⚖

"정리 해고 대상이 되셨다 이거죠."

"네, 맞습니다. 나가라고 하더군요."

"하하하."

노형진은 그 말에 미소를 지었다.

"아니, 웃을 상황이 아니잖아, 오빠. 이거 부당 해고라고."

"글쎄, 부당 해고일까?"

"뭐?"

"기업이 망하기 직전인데 왜 부당 해고야?"

"그러면 이길 수 없는 겁니까?"

그 말에 노형진을 찾아온 직원은 우울한 얼굴이 되었다.

그도 그럴 게, 다른 곳에서도 못 이긴다고 해서 찾아온 게 바로 새론이었기 때문이다.

"일단 정상적인 상황이라면 못 이깁니다."

"어째서요?"

"소송 중에 폐업이 확정되면 당사자가 사라지니까요."

그리고 그런 경우에는 절대로 못 이긴다.

"역시나 그렇군요."

다들 그 말뿐이었다.

차라리 지금이라도 다른 곳을 알아봐라, 망한 후에 나가는 것보다는 차라리 지금 나가는 게 낫다.

그게 변호사들의 공통적인 의견이었다.

"그런데 반대로 이건 부당 해고가 될 수도 있는 일이지요."

"오빠, 그게 무슨 말이야?"

"음…… 사실은 말이지."

노형진은 서세영에게 지금 자신이 처리하고 있는 일에 대해 이야기해 줬다.

그리고 그 말을 들은 서세영과 직원은 입을 쩍 벌렸다.

서세영이 얼이 빠진 얼굴로 더듬더듬 말했다.

"아니, 그러니까 지금 이 모든 게 대표가 회사 경영권을 확실하게 해서 정리 해고를 편하게 하고 싶어서 이러는 거라고?"

"그래."

"미친! 이런 게 가능해?"

"법적으로는 불가능한 건 아니야. 너도 알잖아, 과거에 청계 사건."

"끄응."

가진 자를 위해 법의 허점을 찾아 주고 범죄를 설계해 주던 청계.

그곳을 따라 하는 곳이 전혀 없을까?

물론 변호사라는 직업의 특성상 범죄를 설계해 주는 곳까지는 없겠지만, 최소한 법의 허점을 이용해서 의뢰인의 이득을 챙겨 주는 곳은 사방에 널리고 널렸다.

"그런 놈들로 가득한데 무슨 믿음이야?"

"그러면 어쩌지?"

"일단은 노조부터 탈퇴하라고 해야지."

"노조부터 탈퇴?"

"그래."

노형진과 서세영의 대화를 가만히 듣고 있던 직원이 의아한 표정으로 물었다.

"노조라니요?"

"노조의 의견은 최대한 정리 해고에 협조하겠다는 것 아닙니까?"

"그렇죠."

"그게 함정입니다. 노조에서는 협조하겠다고만 했지, 타결된 상황은 아니거든요."

"그런데요?"

"그런데 현시점에서 갑자기 정리 해고가 시작되었습니다. 이게 무슨 말이겠습니까?"

그렇게 물으며 노형진이 직원을 빤히 바라보았다.

그러나 직원은 여전히 답답한 표정이었다.

"이해가 안 가는데요?"

"음…… 이런 겁니다. 정리 해고라는 건 말입니다, 치료 과정입니다."

치료 과정이란 살 수 있을 것 같으니까 살리기 위해 몸부림치는 과정을 의미한다.

"손과 발을 잘라 내서 살릴 수 있으면 살리겠다, 그런 거죠."

"그런데요?"

"그걸 노조는 동의해 주는 거고요."

"네."

"그런데 애초에 죽을 사람을 치료해 줄까요?"

뭔 짓을 해도 죽을 사람이다. 그런 경우에 할 수 있는 게 뭘까?

그저 편하게 돌아가실 수 있게 임종을 지켜 드리거나 진통제 같은 걸 제공하는 정도일 거다.

"그 말은?"

"네. 애초에 협의가 끝나기도 전에 정리 해고를 시작했다, 그 말은 회사를 다시 살리는 게 목적이라는 거죠."

이야기를 듣던 서세영이 끼어들었다.

"하지만 오빠, 그것도 임금을 줄이는 게 목적인 거 아냐?"

"하하하, 그렇게 생각할 수도 있지. 그런데 그게 함정이라고."

"어째서?"

"내가 말했잖아, 당사자가 없다고. 죄송한데 의뢰인님은 얼마나 근속하셨습니까?"

노형진의 질문을 받은 직원은 잠시 기억을 더듬고는 입을 열었다.

"한 20년 이상 일했습니다."

"그러면 퇴직금이 적지 않겠네요?"

"그렇죠. 1억 이상은 되겠죠."

"그런데 그 돈을 못 받으시면 어떠실 것 같습니까?"

"당연히 화나죠."

"맞습니다. 당연히 화나죠. 그런데 그 돈을 못 받은 상황에서 기업이 날아가면 누구한테 달라고 하겠습니까?"

"어?"

"내가 말했잖아, 당사자가 없으면 소송도 없다고."

법인이 사라졌는데 누구한테 퇴직금을 달라고 하겠는가? 대표?

애초에 대표는 그저 주주일 뿐이지 무한책임을 지는 당사자가 아니다.

"어…… 잠깐, 그러면 회사 입장에서는?"

"그래. 회사 입장에서는 차라리 그냥 망하도록 두는 게 나아."

그렇게 되면 수십억에서 수백억에 달하는 퇴직금을 아낄수 있으니까.

"하지만 그래도 이해가 안 가는데? 퇴직금을 챙겨 주려는 노력일 수도 있잖아."

"일단 하이디라는 회사는 그렇게 착한 회사가 아니야."

당장 박동찬도 그렇게 좋은 놈이 아니고 말이다.

"그리고 그런 거라면 정리 해고가 아니라 명퇴가 우선이겠지."

명퇴를 통해 줄일 수 있는 것은 줄이고, 그 후에 그마저도 안 되는 상황이라면 정리 해고를 통해 생존을 도모하는 게 일반적인 법적인 과정이다.

그냥 다짜고짜 정리 해고부터 하는 경우는 무척이나 드물다.

"명퇴와 정리 해고의 차이가 뭔지 알아?"

"모르겠는데."

"누가 나가느냐는 거지."

명퇴를 신청하면 가장 먼저 나가는 건 누굴까?

당연히 외부에 나가서도 살아남을 수 있는 사람이다.

다른 기업으로 쉽게 이직할 수 있거나, 최소한 자신의 생존을 챙길 수 있다고 생각하는 사람.

"젊거나 한창 일할 나이대의 사람들이 나가지. 그런 사람들은 이직도 쉬우니까."

"그런데?"

"하지만 명퇴는? 나이 먹고 이제 쓸데없고 연봉만 높은 사람들."

그렇게 말하면서 노형진은 의뢰인을 바라보았다.

"가령 근속 연수가 20년이 넘어서 이제 노동자로서는 가치가 떨어지는데 연봉은 높은 사람들을 자르지."

그런 사람들은 나이가 있다 보니까 다른 곳으로 이직하기도 쉽지 않으니 최대한 버티려고 한다.

"폐업이 결정된 기업이라면 굳이 나이 먹은 사람만 골라서 자를 이유가 없다는 거지."

그 말에 서세영의 얼굴이 굳어졌다.

그게 의미하는 건 하나뿐이니까.

"그러니까 지금 저희 정리 해고를 쉽게 하기 위해 이 모든 걸 했단 말입니까?"

"네."

"이익…….."

"그리고 현재의 노조는 그들에게 저항할 의사가 없습니다."

회사가 망하는 것만 어떻게든 막아 보자, 그게 노조의 현재 상황일 테니까.

"와, 지독하네."

"사실 이런 폐업 블러핑은 딱히 드문 일도 아니라니까."

다만 하이디같이 큰 곳에서 하는 건 처음일 뿐이다.

직원이 복잡한 얼굴로 노형진을 바라보았다.

"그러면 어떻게 해야 합니까?"

"일단은 받아들이세요. 단, 조건을 붙여서요."

"조건?"

"네, 조건."

노형진은 씩 웃으며 말했다.

"회사가 살아남는 경우 우선 고용권을 요구한다."

"아!"

그 한마디는 엄청나게 큰일이다.

왜냐, 박동찬은 블러핑을 통해 회사를 장악하려고 하는 상황이니까.

"만일 진짜로 폐업하면 그 조건은 아무런 의미가 없는 자기 위안일 뿐이죠."

어차피 회사가 망하는데 그거 한 줄 들어가 봐야 바뀌는 건 없다.

"하지만 회사가 살아남는다면 우선 고용을 요구한다는 조건은, 회사를 폐업하는 게 목적이 아닌 경우 심각한 일이 됩니다."

정리 해고를 쉽게 하려고 이런 블러핑을 한 건데 그걸 몽땅 의미 없게 만드는 조항이니까.

"아, 그런 방법이 있을 거라는 생각은 못 했어."

"결국 머리를 쓰는 사람이 이기는 거지."

노형진은 머리를 톡톡 치면서 말했다.

"그리고 그 사실이 외부에 드러나면 말이 많아질 거야."

그렇게 말한 노형진은 씩 하고 웃었다.

"이거 생각보다 일이 재미있어지네, 후후후."

노형진의 조언대로 정리 해고 대상이 된 사람들은 동의를 해 주는 대신에 우선 고용 계약을 요구했다.

그리고 돌아온 반응은 그들의 예상과는 너무 달랐다.

"그걸 왜 넣어 줘!"

"우리가 무리한 요구를 하는 건 아니지 않습니까?"

우선 고용을 하라는 요구만 한 것도 아니었다.

만일 우선 고용이 이루어지지 않을 경우 그에 따른 손해배상을 해 달라고도 요구했다.

　정확하게는 특정 금액이 아니라 '손해배상을 청구할 수 있다.' 정도를 요구한 거지만, 그것만으로도 하이디 입장에서는 절대로 받아들일 수 없는 조건이었다.

　"말도 안 되는 소리! 절대 용납 못 해!"

　"어차피 폐업할 거라면서요?"

　"폐업해야지. 매년 수십억씩 적자가 나는데."

　"그래도 우리가 수십 년 동안 키워 온 회사입니다. 혹시나 살아남는다면 돌아오고 싶은 게 사실이고요. 그게 잘못된 겁니까?"

　"폐업할 회사에 돌아오고 싶다고?"

　"'살아남으면'이잖아요, 살아남으면."

　살아남으면 돌아오겠다. 그게 나쁜 말은 아니다.

　하지만 회사 측은 절대로 받아들이지 못한다고 길길이 날뛰었다.

　'역시 뭔가 이상하다.'

　그리고 그 모습을 보면서 정리 해고 당한 사람들은 이상하다는 생각을 할 수밖에 없었다.

　이렇게 극렬하게 거부할 조건은 아니니까.

　애초에 살아남을 수 있을지 없을지도 알 수 없는 상황 같은 것도 아니다. 그냥 폐업이 확정된 상황이다.

　그런데도 이렇게나 격렬하게 거부하다니.

"저희는 복직 소송이나 부당 해고 소송 안 한다니까요. 그냥 그 조건만 붙여 주세요."

"아, 시끄럽고. 그 조건은 못 붙여 줘!"

그 말에 다들 이를 박박 갈았다.

'개 같은 놈들. 속이는 게 분명해.'

이들이 이렇게 생각하는 데에는 다 이유가 있다.

부당 해고 소송이라는 것은 노동자가 건다고 해서 무조건 이기는 게 아니다.

기업이 생존이 불가능하거나 위험한 경우에는 아무리 부당 해고 소송을 해도 절대로 못 이긴다.

당연히 이 상황, 즉 기업이 위험해서 폐업까지 고지한 상황에서는 소송을 해도 못 이긴다.

'그걸 아니까 지금 저러는 거지?'

일단 그렇게 자른 후에 새로운 사람을 싼 임금에 뽑으면 된다는 생각.

그에 비해 복직은 또 이야기가 다르다.

회사가 살아남아서 복직이 우선되면, 퇴직금은 퇴직금대로 뭉텅이로 나갔는데 원래 있었던 사람들을 원래 임금을 주면서 다시 고용해야 하니 현실적으로 바뀐 게 없는 상황이 되는 거다.

"그러면 해고, 동의 못 합니다."

"뭐?"

"동의 못 한다고요."

"아니, 뭔 말도 안 되는 소리야. 너희 해고라고. 동의 같은 게 어디 있어?"

"아니, 동의를 못 한다고요."

해고할 때 동의를 얻을 필요는 없다. 하지만 그 경우 소송도 막을 수 없다.

"그래, 해고해 봐, 씨팔. 그러면 우리가 무슨 짓을 할지 두고 봐라!"

눈깔이 돌아간 사람들.

그렇게 하이디에는 멸망의 그림자가 닥치기 시작했다.

본색을 드러내다

해고 후, 당연히 부당 해고 소송이 진행되었다.

그리고 예상대로 노조에서는 아무런 소리도 하지 못했다.

누가 봐도 이 상황에서 투쟁해 봐야 바뀌는 게 없으니까.

하지만 그걸 과연 은행은 어떻게 받아들일까?

하이디의 주거래은행이자 최대 채권을 쥐고 있는 주민은행은 보고서를 받으면서 눈을 찡그렸다.

"허, 이거…… 사실입니까?"

"사실입니다. 저희 마이스터에서 하이디의 영혼까지 털어낸 기록입니다."

"얼마나 우리가 만만해 보였으면."

확실히 하이디가 적자 상태인 것은 사실이다.

하지만 그것과 별개로 그들이 돈을 갚지 못할 정도의 상황
은 아니었다.

"그래서 그들이 뭐라고 하던가요?"

노형진의 질문에 은행 직원은 긴 한숨을 내쉬었다.

"딱 예상하신 대로입니다."

이대로 폐업하면 어차피 돈은 못 갚는다, 그러니까 채권을
탕감해 주고 이자를 동결해 달라.

"그 정도로 절박해 보이던가요?"

"모르죠. 하지만 한 가지는 확실합니다. 그놈들 말이 틀린
건 아니라는 거죠."

은행 입장에서는 그들이 망하면 돈을 돌려받을 방법이 없다.

그걸 알기에 그들로서는 양보할 수밖에 없었다.

"그런데 이 퇴직자들의 증언에 따르면 속임수가 분명하네요."

속임수를 증명하는 것은 절대로 쉬운 일이 아니다.

하지만 퇴직자들의 증언처럼 확실하게 증거가 될 만한 게
뭐가 있겠는가?

"어떻게 아신 겁니까?"

"제가 숨통을 조이고 있으니까요. 그러니 자기들 목적을
이루기 위해 서두를 거라 생각했습니다."

단순히 해고를 위한 협상에서 우위를 가지기 위해 저런 짓
을 할까?

그럴 리가 없다.

그런 것치고는 현재 하이디의 브랜드 가치는 너무 치명적으로 떨어진 상황이다. 단순히 몇백 명 자르기 위해서라고 보기에는 너무 극단적인 선택이다.

"그렇다면 다른 주목적이 있는 거죠. 그리고 남은 건 두 가지뿐이고요. 은행권과 주식."

주식을 사서 지배권을 확립하면서 은행을 압박해 빚을 탕감하고 이자를 아끼는 계획.

"돌겠군요."

주민은행의 담당자는 기가 막혀서 말이 안 나온다는 듯 눈을 찡그렸다.

"저희는 아무것도 모르고 그냥 당할 뻔했습니다."

"어쩔 생각이십니까?"

"당연히 탕감 못 해 주죠."

애초에 업체를 닫을 생각이 없다면 탕감해 주는 건 자신들이 손해를 입는 것밖에 안 된다.

진짜 다급해서 살려 달라고 빌어서 깎아 주는 것도 아니고, 자신들을 속여서 뜯어먹으려고 하는 놈들을 봐줄 만큼 은행은 만만하지 않다.

"탕감을 해 주시죠."

"네?"

그런데 의외의 조건을, 노형진이 내밀었다.

"지금 뭐라고……? 저희더러 탕감을 해 주라고요?"

"네."

"하지만 그러면 그 손실은 저희 은행에서 책임지게 됩니다만?"

"아, 물론 그건 그렇지요. 그러니까 제가 조용히 담보를 제공하죠."

"담보를요? 노 변호사님이 말입니까?"

아무리 투자했다지만, 그렇다고 해서 그 하이디라는 기업을 노형진이 지킬 이유는 없다.

시중에 도는 소문처럼 하이디의 장비를 떼다가 팔아서 수익을 낼 목적이라면 도리어 망하게 하는 게 더 빠르다.

"그놈들이 요구하는 조건이 얼마나 됩니까?"

"빚을 100억 정도 탕감해 주고 이자도 10년간 면제해 달라고 하더군요."

"그냥 날로 먹겠다는 소리군요."

"맞습니다."

저건 터무니없는 개소리다.

애초에 하이디의 빚은 200억이다. 그런데 그중에서 100억을 탕감해 달라?

그나마 남은 100억에 대해서도 10년간 이자를 면제해 달라?

"그럴 수는 없습니다, 절대로."

"100억에 대한 탕감이 목적이 아닐 겁니다, 병신이 아닌 이상에야."

"그러면요?"

"10년간의 이자가 목적이겠지요."

"음……."

"그러니까 그 부분을 일부 탕감해 주는 쪽으로 해 주세요."

노형진의 말에 주민은행 담당자의 표정이 흐려졌다.

"하지만 그러면……."

"물론 공짜로 해 주라는 게 아닙니다. 조건을 붙이세요."

"조건이라고 하시면?"

"주식을 담보로 내놓으라고 하세요."

"주식을 담보로?"

"네. 박동찬이 가진 주식 말입니다."

"박동찬이 내놓을까요?"

"물론 내놓지 않을 겁니다. 하지만 주식이 아닌 다른 거라면 내놓을 겁니다."

자기가 조직을 이끌기 위해, 자기가 기업을 그대로 통째로 삼키기 위해 이런 복잡한 함정을 판 놈이다.

그런 놈이 담보로 주식을 내놓으라고 했는데 과연 줄까?

그럴 리가 없다.

"담보로 주식 의결권을 내놓으라고 하세요."

"주식 의결권요?"

"네."

주식은 기업에서 하나의 투표권 노릇을 한다.

그렇지만 특수한 경우 그 의결권을 조건부에 부치거나 다른 제3자가 집행하게 하는 것이 불가능한 것은 아니다.

"의결권을 내놓으라 한들 줄까요?"

"안 주면 못 준다고, 배 째라고 하세요."

"네? 그 정도로요?"

"네."

노형진은 고개를 끄덕거렸다.

"인간은 한번 해 먹으면 그게 버릇이 됩니다. 기업에서 뭐만 하면 국가에서 예산을 투자해야 한다고 거품을 물죠. 왜 그럴 것 같습니까?"

"끄응…… 그거야……."

"망할 놈은 망해야 하죠. 하물며 방만 경영이 가장 큰 문제라면요."

과거 IMF 당시에 한국은 기업을 살리기 위해 엄청난 예산을 투입했다.

그런데 그 과정에서 실수한 게 있었으니, 예산을 투입하되 그만큼 주식을 요구하든가 아니면 기존 운영진을 잘라 버렸어야 했는데 그냥 묻지도 따지지도 않고 무조건 돈을 줬다는 거다.

그리고 그렇게 살아난 기업들은 국민들에게 고마워하는 대신에 '어차피 국민들은 개돼지라 그냥 뜯어먹어도 찍소리 못 하는구나.'라고 생각하기 시작했다.

실제로 좀 큰 기업이 망한다 싶으면 일단 돈부터 꼬라박아서 살리는 게 아예 버릇이 되었기 때문에 질이 좋지 않은 기업들은 고민도, 조사도 없이 그냥 돈지랄부터 하는 게 버릇이 되어 버렸다.

이러다가 기업이 망한다 싶으면 정부에서 다시 돈 바리바리 싸 들고 온다는 걸 아니까.

"대마불사. 한국의 가장 큰 문제입니다."

대마불사란 바둑 용어로, 큰 집일수록 살리기 위해 노력한다는 거다.

기업도 마찬가지.

망하면 그 파장이 워낙 크다 보니 살리기 위해 몸부림치게 되는 게 국가라는 조직이라는 것.

"한국 기업의 가장 큰 문제죠."

그러다 보니 한국의 기업들은 내실을 키우는 게 아니라 덩치만 키우는 데에 혈안이 되었다.

덩치가 클수록 위험할 때 국가에서 돈이 들어올 가능성이 크기 때문이다.

"그런 짓거리를 막기 위해서는 은행이 나서야 합니다."

"음⋯⋯."

"솔직히 말하죠. 이거 국가에서 세금을 투입한다고 해도 제대로 집행도 안 되잖습니까?"

돈을 주면 진짜로 100% 기업을 위해 쓸까?

애석하게도 아니다.

IMF 당시에도 그렇게 국가에서 준 돈을 빼돌려서 챙긴 놈들이 넘치고 넘쳤다.

국가의 감시?

애석하게도 뇌물만 두둑하게 챙겨 주면 그 돈으로 뭘 해도 신경 쓰지 않는 게 현실이 아니던가?

나라가 망해 가고 매일같이 수십 수백 명이 자살하던 IMF 당시에도 국회의원에서부터 고위 정치인, 고위 관료, 심지어 대통령까지, 해 처먹은 돈이 얼마나 많은지 사람들은 모른다.

사람들이 십시일반 모아서 한국의 IMF를 이겨 내는 데 큰 도움이 되었다고 하는 금 모으기 운동조차 절반 이상은 대기업들이 해 처먹었다는 걸 사람들은 모른다.

"책임지고 윗대가리는 날리는 문화가 만들어져야 합니다."

오너라고, 그들이 최고라고, 그래서 그들이 뭘 해도 기업을 운영하게 해 주니까 이 지랄이 나는 거다.

노형진의 이야기를 들으며 고개를 끄덕이던 담당자가 조심스럽게 말했다.

"음…… 그런데 쉽게 주지는 않을 겁니다."

"아, 그건 걱정하지 마세요."

노형진은 자신 있게 말했다.

"하이디는 망할 거라고 박동찬이 믿게 될 테니까요."

"지금 뭐라고?"

"원유의 공급량이 70% 이상 줄었습니다."

원유의 공급량이 급속도로 줄기 시작했다. 이건 생각보다 심각한 문제였다.

그나마 30%까지는 어떻게 버틸 수 있다. 애초에 폐기되는 양도 있으니 그걸 줄인다고 생각하면 그만이니까.

하지만 70%까지 줄어들면 이제 주력 상품들의 생산에 심각한 타격이 올 수밖에 없다.

"그리고 홍상방이 어음의 결제를 요청했습니다. 이번 결제 금액은 25억입니다."

"뭐? 25억? 뭔 말도 안 되는 개소리야? 왜 25억이야?"

"그게…… 어음을 판매한 곳이 농장만이 아닙니다."

다른 업체들도 하이디가 망한다는 사실에 확신을 가지고 점점 어음을 정리하고 있는 상황.

그렇다 보니 홍상방이 가진 어음의 양은 점점 늘어날 수밖에 없었다.

"크윽."

"무시할까요?"

"무시할 수가 있냐고!"

사실 무시 정도는 할 수 있다.

최악의 경우 1차 부도 정도는 각오하고 있었다. 그래야 위험하다는 걸 어필해서 협상에서 유리한 포지션을 잡을 수 있기 때문이다.

'젠장.'

하지만 얼마 전부터 자신을 따라다니는 의심스러운 차량들.

미행을 감출 의사조차도 없어 보이는 차량이 자신뿐만 아니라 아내 그리고 자식에게까지 따라다니기 시작했다.

경찰에 신고했지만 경찰은 그들이 합법적으로 한국에 와 있는 중국인이라 해 줄 수 있는 게 없다는 말만 할 뿐이었다.

물론 한국을 이끄는 재벌가로서 고작 중국인에게 죄를 뒤집어씌워서 쫓아내는 게 불가능한 건 아니다.

문제는 그 배후에 누가 있는지 너무나 잘 알기 때문에 섣불리 그럴 수가 없다는 것이었다.

"은행에서는?"

"그들은 확고합니다. 주식을 담보로 내놓든가, 아니면 최소한 의결권이라도 내놓지 않으면 탕감은 없답니다."

"씨팔."

노조를 입 닥치게 하고 정리 해고를 하는 데 성공했을 때만 해도 그나마 좀 숨통이 트이는 것 같았다.

하지만 지금은 모든 게 개판이 되고 있었다.

부당 해고 소송이 들어오고, 얼마 전까지만 해도 제발 폐업만은 하지 말아 달라고 빌던 은행은 갑자기 돌변해서 의결권을 주지 않으면 탕감은 없다고 주장하고 있다.

"이게 뭔가 이상한데?"

말이 안 된다. 지금까지와는 너무 다른 행동이었다.

"지금 문제는 은행이 아닙니다."

그런데 그런 문제가 발생한 것은 은행만이 아니었다.

"그러면?"

"마이스터에서 한국 우유 산업에 진출한답니다."

"우유 산업에 진출? 지랄하네. 그런다고 이 바닥이 살아날 것 같아?"

애초에 인구가 바닥을 향해 돌진하는 판국이다. 그 바람에 대부분의 제품 매출이 바닥을 치고 있는데 들어온다?

돈을 노린다면 말도 안 되는 소리다.

"그게, 명백하게 우리를 노린 진출입니다."

"우리를 노린 진출이라고?"

"그렇습니다. 그…… 한국에서 우리가 사라지면 환원유를 공급하는 공장이 사라지니까, 그에 대비해서 해외에서 전지 분유를 수입해서 공급하겠답니다."

"미친! 지금 우리보고 다 죽으라 이거야?"

"우리만 죽는 게 아닙니다."

한국에서 낙농업은 엄청나게 큰 시장은 아니다.

사실 우유의 공급에 비해 소비가 줄어든 지는 무척이나 오래되었다.

그렇다면 그 남은 우유를 어떻게 할까?

전지분유로 만들어서 보관하거나 공급한다.

그리고 하이디는 그러한 전지분유를 사다가 환원유를 만드는 데에 사용한다.

"그런데 그렇게 되면……."

당연히 한국의 우유 산업은 치명타를 입게 된다.

"그…… 그럴 리가 없잖아? 그래도 나름…… 수입이 이루어지고 있는 것도 사실이고."

실제로 한국에는 적지 않은 우유가 수입되고 있다.

물론 우유는 쉽게 상하는 물건이라 수입해서 보관 판매하기가 쉽지 않다.

그러나 멸균우유라고 하는, 아예 완벽하게 균을 사멸시켜서 보관을 용이하게 한 우유들이 존재하고, 그런 우유들은 인터넷에서 어렵지 않게 찾아볼 수 있다.

"맛도 다르잖아?"

멸균우유의 경우는 환원유처럼 맛이 밍밍한 경우가 많다.

원래 해외의 우유 자체가 한국의 우유에 비해 맛이 밍밍한 것도 사실인 데다 그 처리 과정에서 맛이 변하니까.

특히 한국의 사람들은 우유의 고소한 맛을 좋아하는 편이라 그러한 밍밍한 우유를 좋아하지 않는다.

"하지만 마이스터는 더 싼 가격에 공급하겠다고 선포했습니다."

"더 싼 가격에?"

"네. 지금 멸균우유를 수입하는 놈들은 뻔한 수준입니다."

수입 업체의 규모가 작기 때문에 공급량도 많지 않다.

그걸 인터넷으로만 파는 이유도 공급망이 없어서 백화점
이나 마트, 아니면 편의점 등지에 공급할 방법이 없기 때문
이다.

"그런데 마이스터라면."

전국에 싹 다 깔고 시작할 수 있다.

처음에는 거부감이 들지도 모른다.

"하지만 우유 가격이 3분의 1 이하입니다."

그렇잖아도 코델09바이러스 이후로 전 세계는 먹고살기
힘들어하고 있다.

"아니, 그게 가능하겠어? 하하하하, 우유를 공급하는 게 어
디 쉬운 일인가? 갑자기 어디서 우유 공급처가 나타나겠어?"

애써 눈을 돌리려고 하는 박동찬.

하지만 이어지는 직원의 말에 그는 현실을 피할 수 없다는
걸 인정할 수밖에 없었다.

"회장님! 코델09바이러스 시국에 우유의 공급을 책임진
게 마이스터입니다."

"뭐라고?"

"마이스터의 긴급 생계 지원 모르십니까?"

"그게 뭔데?"

당연히 모른다. 그는 그 대상도 아니고 관심도 없었으니까.

"실직이나 격리 등으로 인해 생존이 불투명한 사람들에게 긴급 식생활 지원을 하는 겁니다."

코넬09바이러스 시기에 전 세계적으로 엄청난 지원이 이루어졌다.

물론 공짜는 아니었다. 나중에 돈을 갚는 조건이었다.

일부 나라에서는 돈으로 직접 주는 걸 선택하기도 했지만, 마이스터는 그렇게 지급할 경우 그 돈이 이자나 세금 또는 필요 경비로 자동으로 빠져나가서 생계가 불투명해지는 사람들이 존재할 거라 생각했고, 실제로 그런 경우가 엄청났다.

그에 반해 식재료의 공급은 대량 구매에 대량 소비라 그 판매량을 아주 낮은 가격에 통제할 수가 있었고, 또한 집에 있는 식량까지 털어 가는 놈들은 없다 보니 최소한의 생존은 담보할 수 있었다.

그래서 전 세계에서 어마어마한 숫자의 사람들이 마이스터의 긴급 생계 지원을 신청했다.

"그중에는 우유도 포함되어 있었습니다."

"우유도?"

"네. 정확하게는 멸균우유입니다."

신선한 우유는 장기간 보관할 수가 없으니까.

그래서 멸균우유, 또는 접근이 힘들거나 보관이 여의치 않은 지역은 전지분유 등을 공급했다.

우유는 완전식품으로 사람들의 생존에 큰 도움이 되니까.

"그리고 코델09바이러스는 거의 끝나 갑니다."

백신의 효과는 생각보다 뛰어났고, 치사율이 20%가 넘던 초창기와 달리 현재 치사율은 심각한 기저질환자, 즉 위급 환자가 아니라면 0%에 가까울 정도로 안정되고 있다.

"마스크도 안 쓰니 당연히 기업들도 정상적으로 돌아가고 있습니다."

원래 역사보다 훨씬 빠르게 이루어진 마스크 해제.

그건 경기가 빠르게 복구되고 있으며, 긴급 구제를 멈춰도 된다는 소리였다.

남은 건 그간 들어간 긴급 구제 비용을 돌려받는 것.

당연히 그간 거래하던 우유 회사는 곤란할 거다. 공급처가 사라지니까.

"그들이 한국에 온다면?"

"난리가 날 겁니다."

그리고 그 목적이 하이디라면…….

"큰일 났다."

그제야 박동찬은 진땀이 흐르기 시작했다.

⚖️

놀란 건 박동찬뿐만이 아니었다. 다른 우유 회사들에도 역시 날벼락이나 다름없었다.

당연히 그들은 마이스터와 접촉해서 어떻게 해서든 상황을 해결하려고 했다.

"저희가 불법행위를 하려고 하는 게 아닙니다만?"

"물론 알고 있습니다. 하지만 한국의 낙농업을 파탄시킬 겁니다."

"글쎄요. 모두를 구할 수는 없지 않습니까? 솔직히 한국의 우유 시장은 너무 비싸요."

어깨를 으쓱하는 노형진.

"우유는 서민 음식이었습니다. 그런데 가난한 사람은 먹지도 못하게 된 게 정상적인 시장이라고 볼 수는 없다고 생각합니다만?"

"그 정도는 아닙니다. 그리고 설사 그렇다 해도 다른 방법을 찾아야지……."

"우유 가격을 낮추실 것도 아니잖습니까?"

"우유의 경우는 원가가 보장되어 있기 때문에 어쩔 수가 없습니다."

우유의 경우는 낙농업의 생존을 위해 원가가 법으로 정해져 있다.

그걸 원유 가격 연동제라고 하는데, 사정이 이렇다 보니 마냥 우유가 비싸다고 할 수도 없었다.

"이런 상황에서 갑자기 우유를 수입하신다고 하면……."

"아, 당장 한다는 게 아닙니다. 차근차근 준비한다는 거죠."

"그게 문제 아닙니까!"

한국에서 우유는 수입하고 싶다고 해서 수입할 수 있는 게 아니다.

수입을 막고 국내 업체들을 보호하기 위해 제한을 걸어 둔 상태다.

문제는 그게 딱 2026년까지라는 거다.

마이스터가 지금부터 준비해서 그해가 지나는 순간 미친 듯이 우유를 수입하기 시작한다?

한국의 낙농업이나 우유 회사는 1년 이내에 모조리 도산하게 될 거다.

"대한민국의 식량 주권이 무너질 겁니다."

"글쎄요. 어차피 우유는 그다지 많이 먹지도 않습니다만."

한국인은 유당 불내증이 다른 인종에 비해 심한 편이니까.

"더군다나 식량이라고 보기도 애매하죠."

현실적으로 현재 우유의 비중은 간식으로 봐야 한다.

일부 나라에서는 우유가 주식에 빠질 수 없는 물건이라지만 적어도 현재의 한국에서는 주식이 아니다, 간식이지.

"저희 입장에서도 어쩔 수가 없습니다. 장기적으로 하이디가 망한 후에 그 자리를 메꿔야 저희가 욕을 덜 먹으니까요."

"하이디가 없어도 그 자리를 메꾸는 건 어려운 일이 아닐 겁니다."

"그럴지도 모르죠. 하지만 그걸 왜 굳이 남에게 주겠습니까?"

하이디가 사라지면 그 자리는 다른 제3의 기업들이 먹을 거다.

하지만 마이스터 입장에서는 그리되도록 놔둘 이유가 없다는 거다.

"하이디를 망하게 하시려는 건 알겠습니다만……."

그렇다고 한국의 모든 낙농업과 우유 산업까지 망하게 할 필요는 없지 않은가?

"한두 곳만 남고 다 정리되면 저희 입장에서는 편하죠."

노형진의 말에 협상하러 온 남자는 입술이 바짝바짝 말랐다.

'진심인지 아닌지.'

알 수가 없다.

하이디와 문제가 있는 것도 사실이지만, 그것과 별개로 하이디 쪽에서 블러핑을 한다는 소문도 돌고 있는 상황.

"원하시는 게 있습니까?"

"음…… 글쎄요."

"원하시는 게 있으면 최대한 이야기를 나눠 보겠습니다."

"원하는 건 없습니다만."

잠깐 침묵을 지키던 노형진은 조용히 말을 꺼냈다.

"뭐, 하이디가 폐업하지 않는다면 굳이 수입할 이유가 없기는 하죠."

"하이디가 폐업을 안 하게 할 수는 없습니다. 저희 회사도 아니고."

"물론 그럴지도 모르죠. 하지만 적당한 조건이라면 저희가 수입을 포기하죠."

"뭡니까?"

"하이디에 대한 모든 물품의 거래 중지."

"하이디와의 물품 거래 중지요?"

"아마 하이디에 적지 않은 물품을 공급하고 있는 걸로 알고 있는데요."

노형진은 싱글벙글 웃으며 말했다. 그 말에 남자는 고개를 끄덕거렸다.

"맞습니다. 하지만 상당하다고 해 봐야 결국 전지분유뿐입니다만."

"네, 전지분유뿐이죠."

원래 원유는 자체적으로 조달하는 게 일반적이고 실제로 하이디도 그런 상황이었다.

"그 전지분유의 납품을 포기해 주신다면 저희도 수입을 포기하겠습니다."

그 말에 남자는 이를 악물었다.

'이거 하이디가 블러핑 한다는 게 사실인가 보네.'

그런데 마이스터는 하이디가 망해야 장비를 확보해 수출할 수 있다.

그런 상황에서 마이스터가 하이디를 합법적으로 망하게

할 수 있는 방법이 뭘까?

당연히 원재료의 납품을 제한하는 것이다.

'애초에 하이디가 목표가 아니었던 거야.'

자신들을 압박하기 위해 수입 이야기를 꺼냈다는 사실에 기가 막혔지만, 마이스터를 대상으로 기분 나쁘다고 싸움을 걸 만큼 멍청한 놈들은 없었다.

"물론 도움을 주신다면 저희도 나름의 도움을 드리죠."

"도움이라 하시면……?"

"젖소의 수출을 도와드리겠습니다."

"젖소의 수출요?"

"네. 지금 곤란하실 텐데요?"

우유의 생산량은 넘쳐 나고 그걸 줄일 방법이 없다.

그걸 줄이기 위해서는 낙농업을 하는 농장에서 소를 포기해야 하는데, 팔리지도 않는 소를 포기할 리가 없다.

"들으셨을 텐데요?"

우크라이나에 소를 보내려고 하고 있고, 실제로 그 수량은 적지 않다.

전쟁 중에 죽어 나간 소가 어디 한두 마리란 말인가?

더군다나 식량이 부족한 우크라이나에서 우유는 훌륭한 대체 수단이다.

우크라이나는 전 세계적인 곡창지대다. 그걸 노린 게 러시아고 말이다.

이것이 삶이다

많은 곳이 불타고 러시아에서 빼앗아 갔지만 여전히 수많은 곡창지대가 남아 있고, 그곳에서 엄청난 수의 밀이 수확된다.

"남는 밀은 사료로 수출되죠."

그러니 소만 충분히 보낸다면 빠른 시간 내에 우유를 만들 수 있다.

"식량이 부족하면 젖소라도 먹을 수 있고요."

육우에 비해 맛이 없는 건 사실이지만 당장 굶어 죽게 생겼는데 맛에 신경 쓸 사람은 아무도 없다.

"음…… 그건……."

확실히 혹하는 내용이다.

그렇게 되면 소는 줄어들 테고, 그렇잖아도 넘치는 우유의 부담을 줄일 수 있다.

'어차피 하이디는 귀찮기만 하고.'

그렇잖아도 작은 시장, 하이디가 사라지면 그 자리는 자신들이 차지하게 될 거라는 얄팍한 생각도 머릿속을 떠나지 않았다.

"그러면 납품 거래를 끊으면 되는 겁니까?"

"일단은 말이죠."

"좋습니다. 그러면 그렇게 하죠."

그는 노형진의 말을 믿고 고개를 끄덕거렸다.

그리고 그렇게 하이디에 마지막이 닥쳐오기 시작했다.

"이게 무슨……."

박동찬은 정신이 아득해졌다.

다른 기업에서 더 이상의 거래를 끊겠다고 했기 때문이다.

환원유를 만들어서 팔아먹는 하이디 입장에서는, 전지분유를 제공하는 다른 기업들이 거래를 끊는다는 것은 심각한 문제였다.

"이게 왜 이렇게 됐지?"

"신용이 문제가 된다고 합니다."

"신용?"

"네. 우리가 폐업을 이야기하고 다니니까……."

당연히 폐업하는 놈들의 어음을 어떻게 믿겠느냐는 거다.

그쪽 입장에서는 틀린 말도 아니었다.

실제로 그렇게 망해서 못 받은 돈이 많은 것도 사실이니까.

그래서 제시한 조건이 바로 현금으로 지급할 것.

문제는 그게 핑계일 뿐이라는 거다.

그들은 하이디가 현금을 지급하지 못할 거라는 걸 이미 알고 있다. 상황이 안 좋은 데다가, 있는 현금은 어음을 막는 것과 퇴직금 지급으로 대부분 써 버렸기 때문이다.

"당장 다음 주부터는 공장이 멈출 겁니다."

"아…… 안 돼……."

공장이 멈춘다. 그건 폐업이 아니라 망하는 거다.

그냥 블러핑을 통해 유리한 포지션을 잡고 싶었을 뿐인 박동찬에게는 날벼락도 이런 날벼락이 없었다.

"그러면…… 어쩌지? 응?"

"돈이 필요합니다. 공장을 멈추지 않으려면 돈을 줘야 합니다."

"하지만 돈이……."

"은행에서 빌려야 합니다."

"미친! 그 새끼들이 뭔 짓을 할 줄 알고!"

"하지만 방법이 없지 않습니까? 이대로라면 100% 망합니다."

그 말에 박동찬은 자신들을 따라다니는 정체 모를 사내들이 생각났다.

돈을 갚지 못한다면 그들이 과연 자신을 살려 둘까?

아니, 그걸 떠나서 자신이 바닥으로 떨어진 후에 과연 그런 생활에 적응해서 살아 나갈 수 있을까?

"은행에 연락해."

선택지가 없기에 박동찬은 이를 악물었다.

"조건을 받아들이겠노라고."

⚖

박동찬의 블러핑은 쉽게 들통났다.

저쪽이 모른다면 모를까, 안다면 그들의 이상행동을 하나하나 확인하는 건 일도 아니니까.

그랬기에 하이디가 블러핑을 하고 있었다는 소문은 금방 날 수밖에 없었다.

애초에 은행에서 이자를 일부 탕감해 준다는 조건이 들어갔는데 소문이 나지 않을 수가 없었다.

"와, 진짜 해도 해도 너무하네, 사람 목숨 가지고."

"말했잖아, 폐업이라는 건 기업인에게 있어서 최악의 선택이라고."

노형진은 코웃음을 치면서 말했다.

"연인 관계에서 헤어지는 걸로 가스라이팅을 하는 놈들도 있는 마당에 폐업으로 그러는 놈들이 없겠어?"

노형진은 비웃음 가득한 얼굴로 말했다.

"그러면 이제 어떻게 되는 거야? 공식적으로 은행에서 이자를 탕감한 이상 그 책임을 져야 하는 거 아니야?"

"그래, 그렇지. 그러니까 그 책임을 지도록 해야지."

"어떻게?"

"잘라야지."

"자른다고? 가능해?"

마이스터에서 주식을 모으긴 했지만 최종적으로 모은 주식은 15% 정도밖에 안 된다. 그걸로 자르는 건 불가능하다.

"피해자가 우리만 있는 건 아니잖아."

노형진은 씩 하고 웃었다.

⚖️

15%의 주식이면 충분히 대표에 대한 해임 건의안을 내고도 남는 수치다.

법적으로 5%면 낼 수 있기 때문이다.

그리고 해임 건의안이 올라가자마자 분위기는 이상하게 굴러가기 시작했다.

"멍청이들이군요."

로버트는 보고서를 넘기며 말했다.

"분명 자신들에게 심각한 피해를 끼친 사람입니다. 그런데 그를 지키기 위해 표가 집결되고 있다고 합니다."

노형진에게 그 말을 전하면서 로버트는 고개를 갸웃했다.

"한국은 주주들이 노예 노릇을 하는 걸 너무 좋아하는 것 같습니다."

"하하하하, 설마요. 그럴 리가요."

"하지만 그게 아니라면 이해가 안 갑니다만?"

주식이 대폭락하고 과거의 값어치를 복구시키기까지 도대체 얼마나 걸릴지 알 수가 없는 노릇이다.

그런데 폭락의 피해자인 주주들이 갑자기 뭉쳐서 박동찬 수호를 외치고 있으니, 외국인인 로버트 입장에서는 전혀 이해하지 못할 부분이었다.

"결국 기회가 왔기 때문입니다."

"기회?"

"네. 폐업한다고 해도 끝까지 주식을 팔지 않았던 사람들입니다. 그들은 두 부류로 볼 수 있겠죠."

하나는 혹시나 하는 마음으로 기대하면서 버틴 인간들.

다른 하나는 이미 이게 블러핑이라는 걸 알고 있었던 인간들.

"아마 우호 지분은 대부분 이게 블러핑이라는 걸 사전에 들었을 겁니다."

"아, 그렇겠군요."

"네. 그래서 제가 이게 블러핑이라고 확신한 거고요."

만일 이게 블러핑이 아니었다면 과연 우호 지분이라고 해도 박동찬을 믿고 버렸을까?

아니다. 분명히 가장 먼저 박동찬을 자르겠다고 튀어나왔을 거다.

폐업하는 순간 휴지 조각이 되어 버리는 주식이니까.

"그러니 그들은 이게 다 속임수라는 걸 알고 대응해 왔던 거겠죠."

"그들 입장에서는 예상대로 굴러간 거군요."

"맞습니다."

노조의 입을 닥치게 하고 정리 해고를 성공적으로 하고 은행을 압박해서 이자를 탕감하게 했다.

원금 탕감에는 실패했지만 애초에 그건 가능성이 높지 않았으니까 그다지 기대하지 않았을 거다.

"어찌 되었건 우호 지분을 가진 놈들은 지금까지 알면서도 모른 척한 거죠."

그러니 지금 남은 놈들은 마이스터를 제외하고는 거의 대부분 우호 지분일 수밖에 없다.

"박동찬이라면 그 우호 지분을 무기 삼아 충분히 기업을 지배할 수 있겠지요."

"그렇겠네요."

이해한다는 듯 로버트는 고개를 끄덕거렸다.

"하지만 그들이 생각하지 못한 건, 우호 지분이 전부가 아니라는 거죠."

대부분이 우호 지분일 뿐, 나머지 전부가 우호 지분인 건 아니다.

팔고 나갈 타이밍을 놓쳤거나 혹시나 하는 마음에 버티던 사람들도 분명히 존재하니까.

"그들 입장에서는 박동찬을 자르고 싶겠죠."

주식의 가치를 시궁창으로 처박았고, 다음에도 이런 짓을 하지 말라는 법이 없으니 당연히 박동찬을 쫓아내고 싶어 할 거다.

"그러니까 우리가 이 모든 걸 준비한 거고요."

노형진은 로버트에게 미소를 지으며 말했다.

"이제 마무리를 지을 시간입니다, 후후후."

긴급 안건인 박동찬 해고 건은 딱 노형진의 생각대로 굴러갔다.

"현재 45 대 55로 박동찬 해임안은 부결되었습니다."

주주총회가 시작되었을 때만 해도 박동찬의 얼굴은 창백했지만 지금은 미소가 떠올라 있었다.

"멍청한 놈들. 그래 봤자 너희들은 나한테 못 이겨."

한구석에서 자신을 노려보는 노형진을 보면서 박동찬은 미소 지었다.

"누구 마음대로, 후후후."

마이스터는 장비를 우크라이나에 팔고 싶어 하니 아마도 하이디가 망한 후에 자신을 자르려 할 거다.

하지만 이번 수작질로 수익이 난 사람들이 도리어 박동찬을 편들어 주고 있었다.

애초에 우호 지분의 대부분은 이 상황을 알고 있었다.

그리고 박동찬의 말에 따라 주가가 바닥을 칠 때 쏟아지는 매물을 싹 다 쓸어 담으려고 했다.

노형진과 마이스터도 적지 않은 양을 쓸어 담기는 했지만 지금 그를 해직할 정도로 충분한 표를 확보할 수는 없었으리라.

"수고하셨습니다, 회장님."

"역시 회장님의 전략은 최고입니다."

박동찬 덕분에 적지 않은 수익을 낸, 우호 지분을 가진 사람들은 얼굴이 환해져서 고개를 끄덕거리고 있었다.

그러나 그들이 잊고 있는 게 있었다.

"이의신청 있습니다!"

그 순간 주주총회장의 문을 열고 들어오는 한 남자.

그 남자를 보고 박동찬은 고개를 갸웃했다.

"저놈이 왜?"

자신과 거래하는 은행의 은행장이었으니까.

"이의신청요?"

"현재 이루어진 투표는 적법한 투표가 아닙니다!"

"적법한 투표가 아니라고요?"

그 말에 은행장은 크게 소리치며 뭔가를 꺼냈다.

"현재 하이디와 대표인 박동찬이 가진 주식의 의결권은 저희 주민은행에서 가지고 있으니까요!"

"그게 무슨 소리야?"

"아니, 박 회장! 이게 무슨 소리야? 주민은행이 의결권을 왜 가지고 있어?"

그 말에 박동찬은 순간 얼굴이 창백해졌다.

"자…… 잠깐. 그건 불법입니다."

"불법이 아닙니다만?"

은행장은 미리 준비한 계약서 사본을 꺼내 들었다.

"은행의 이자를 탕감하는 조건은 다음과 같습니다. 하이디가 소유한 주식과 박동찬이 소유한 주식에 대해 담보권을 설정하고 그 의결권을 넘긴다."

그 말에 그대로 굳어 버리는 박동찬.

공장이 멈출까 봐 그런 조건으로 협상한 건 사실이다.

회사가 폐업하지 않는다는 걸 증명해야 다른 기업에서 우유나 전지분유를 받아 올 수 있었기 때문이다.

하지만 그게 여기서 튀어나오다니?

"법적으로 의결권은 저희가 우선입니다."

"아니, 그거야 나한테 손해가 안 될 때의 이야기고!"

박동찬은 다급하게 소리를 질렀다.

하지만 이 모든 걸 예상하고 있었던 노형진은 자리에서 일어나 다가오며 단호하게 박동찬의 말을 커트해 버렸다.

"아니죠. 주식을 가진, 아니 의결권의 집행의 핵심은 소유자가 아니라 회사에 어느 쪽이 이득이 되느냐는 거죠."

싱글벙글 웃고 있는 노형진의 모습에 박동찬은 순간 소름이 돋았다.

아까 전까지만 해도 자신이 졌다고 생각해서 노려본다고 생각했던 노형진이 뭔가 이상하다는 걸 이제야 느낀 것이었다.

그건 져서 노려본 게 아니라 먹잇감을 노리는 포식자의 시선이었다.

"소유권은 나한테 있다고!"

"하지만 계약으로 의결권을 넘겼죠."

"그건 내 주식이야! 그런데 내 주식으로 나를 자른다고?"

"아아, 맞습니다. 당신 주식이 맞죠. 그건 인정합니다. 하지만 본인 스스로 그 의결권을 넘기는 것에 동의하지 않았습니까?"

그리고 은행 입장에서는 그가 기업을 운영하기에 부적당하다고 생각하는 시점에서 그 의결권을 사용할 권한이 생긴다.

"만일 의결권을 은행에서 사용할 생각이 없다면 당신의 의견이 우선이겠지요."

하지만 의결권을 넘겼고, 은행은 그걸 사용할 생각을 하고 있다. 그렇다면 우선되는 건 바로 은행의 권리.

"그……."

"자, 그러면 다시 한번 정리해 보죠."

노형진은 사회자를 보면서 말했다.

그리고 사회자는 뭔가 혼란스러워하기 시작했다. 정리해야 하나 말아야 하나 고민하는 얼굴이었다.

"불법이야! 쫓아내! 저 연놈들을 끌어내!"

다급해진 박동찬은 소리를 고래고래 지르기 시작했다.

그러나 다음 순간 그는 저항조차도 할 수가 없게 되었다.

"만일 여기서 우리 의결권을 부정하면 저희는 모든 계약을 파기하고 원금을 회수하겠습니다."

"위…… 원금 회수?"

"당연한 거 아닙니까? 계약이라는 건 신의성실의원칙에 따라 움직이는 겁니다."

은행의 의결권을 인정하지 않는다면 이는 의결권 집행의 문제가 아니라 하이디와 박동찬의 계약 파기 문제가 될 수밖에 없다.

담보를 제출했는데 그 담보가 가짜인 셈이니까.

그리고 담보가 가짜면, 단순히 이자 탕감 계약뿐만 아니라 원금의 대출 계약도 취소되는 게 당연한 거다.

"그, 그러면……?"

"진짜로 망하는 거야?"

방금 전만 해도 박동찬에게 '회장님, 회장님.' 하면서 물고 빨던, 우호 지분을 가진 사람들은 패닉에 빠졌다.

박동찬에게 계획을 듣고는 엄청난 돈을 들여서 주식을 빨아먹었으니까.

그런데 망하면? 당연히 자신들은 수십억을 날리게 된다.

"잠깐…… 이러면 안 되지!"

"박 회장, 이거 뭐야? 이야기가 다르잖아!"

돈을 날릴지도 모른다는 불안감에 길길이 날뛰는 사람들.

그리고 박동찬은 그런 그들을 말렸다.

"제 편을 들어 주셔야 합니다. 저들은 회사를 말아먹을 거예요. 제가 있어야 회사를 지킬 수 있습니다!"

그 말에 주주들이 조금은 진정하는 그때, 노형진이 그간 타이밍을 재며 마음속에 묵혀 뒀던 말을 꺼냈다.

"그러면 저희가 의견을 바꾸죠."

"바꾼다고?"

"네. 저희는 폐업에 대해 반대표를 던지겠습니다."

"뭐?"

"잠깐, 그게 뭔 소리야? 폐업에 반대한다니?"

곤혹스러운 얼굴이 된 주주들은 서로를 바라보았다.

"간단한 겁니다. 하이디를 계속 운영하겠다는 거죠."

"지금까지는 장비를 우크라이나로 수출한다고……."

"하하하하!"

노형진은 그 말에 크게 웃었다. 그러고는 아주 차가운 목소리로 말했다.

"박동찬 회장도 블러핑을 쓰는데 저라고 블러핑을 쓰지 말라는 법 있습니까?"

그 말에 박동찬의 눈동자가 격하게 흔들리기 시작했다.

자신이 유일하게 유리한 것. 그건 회사를 지키려고 한다는 것뿐이었다.

그런데 이제는 그 유리한 이점이 사라졌다.

"다시 표결하시죠."

반대로 만일 여기서 박동찬의 의결권을 인정하면 하이디는 100% 망한다. 원금 회수가 들어오니까.

'완전히 바뀌었지, 후후후.'

불과 몇 분 전까지만 해도 노형진의 편을 들면 폐업이었지만, 이제는 박동찬의 편을 들어 주면 폐업되는 상황이 되어 버렸다.

주주들은 입을 쩍 벌릴 수밖에 없었다.

단 한순간에 이렇게 바뀔 거라고는 생각도 못 했으니까.

"다시 합시다."

"맞소. 다시 합시다."

그리고 일부에서는 다시 표결하자는 주장이 나오기 시작했다.

그 말에 자기 끝을 깨달은 박동찬은 발악하기 시작했다.

"안 돼! 그럴 수는 없어!"

"박 회장, 이미 끝났어."

"누구 마음대로 끝이야? 그럴 수는 없어!"

"누가 좀 끌어내라!"

심지어 방금 전에 친하게 지내자던 놈도 박동찬을 끌어내라며 눈을 찡그렸다.

"안 돼!"

끌려 나가는 박동찬. 그리고 그가 없는 상황에서 이루어진 재표결.

"어……."

"아, 사회자, 빨리 말해!"

"시간이 썩어 넘치는 줄 알아? 빨리 말 안 해?"

망하느냐 마느냐의 결정적인 상황.

그 상황에서 사회자는 얼떨떨한 얼굴로 말했다.

"95%의 찬성으로 박동찬 회장의 해임이 가결되었습니다."

"예스!"

"살았다!"

그 말에 주먹을 불끈 쥐는 사람들.

노형진은 그걸 보고는 빙긋 웃으며 주주총회장에서 퇴장하기 시작했다.

그리고 멍하니 주주총회장 앞에 있던 박동찬을 보며 말했다.

"확실하지 않으면 인생 거는 거 아니라는 거, 못 배우셨습니까."

"이 새끼!"

하지만 달려들려던 박동찬은 주변의 경호원에게 제압당했다.

"이제 가세요. 당신은 해고니까."

"이럴 수는 없어! 이럴 수는 없다고!"

"이럴 수 있죠. 당신이 선택한 거니까."

절규하는 박동찬.

회의장에서 나온 사람들은 그를 철저하게 무시한 채로 자기 갈 길을 서둘러 갈 뿐이었다.

가해자의, 가해자를 위한,
가해자에 의한

제3의눈.

노형진이 만든 여러 재단을 합해서 만든 재단이다.

한국 군인회부터 복수재단까지, 때로는 사회적인 감시가, 때로는 사회적 징벌이 필요한 자들과 대신 싸워 주는 집단.

그 집단이 만들어지고 한국은 과거와는 많이 달라졌다.

자신에게 힘이 있다고 갑질했다가는 제3의눈의 복수의 대상이 되기 때문이다.

물론 법에서 금지하는 사적제재를 가하는 건 아니다.

다만 법적으로 돈이 없고 지식이 없어서 도움을 받지 못하는 사람들을 위해 법적으로 할 수 있는 모든 복수 방법을 다 강구해 줬을 뿐이다.

"하지만 이건 도무지 방법이 없더라고요."

현재 제3의눈을 이끌고 있는 강원미는 고개를 흔들며 말했다.

"전임자들도, 전전임자들도 최선을 다했지만 이게 말이 안 되니까."

"흠…… 하긴, 이게 참 웃기다니까요. 방법이 없어요."

그건 다름 아닌 음주 운전이었다.

음주 운전은 한국에서 가장 골치 아픈 범죄 중 하나다. 아니, 한국뿐만 아니라 전 세계에서 가장 골치 아픈 범죄 중 하나라고 할 수 있다.

"현실적으로 보면 음주 운전으로 처벌받는 숫자는 한 줌도 되지 않아요. 그나마 가장 강한 처벌이 고작해야 3년 형 정도고. 그마저도 미성년자를 그냥 한 서너 명쯤 깔아뭉개야 그 처벌이 나올걸요."

"심각하기는 하죠."

한국은 음주 운전에 대해 관대하다 못해 거의 권하는 수준이다.

국민들은 연예인 누가 음주 운전이라도 하면 다시는 방송에 나오지 못하게 해야 한다고 퇴출 운동을 하는데, 판사들은 '거 실수로 사람 좀 죽일 수도 있지.'라고 반응하는 수준이다.

"그 청주에서 발생한 사건도 아시죠?"

"알죠. 그 일로 나라가 발칵 뒤집어졌잖습니까?"

"네, 그래서 더 어이가 없는 거예요."

음주 운전에 역주행으로 사람을 죽인 사건이 일어났는데, 방송에서 대대적으로 보도하고 전 국민이 분노하는데도 그 사건의 처벌은 황당하게도 징역 8개월, 집행유예 2년, 사회봉사 80일이었다.

"그 당시에 가해자들이 얼마나 뻔뻔했는지도 아시잖아요."

"알죠."

피해자에게 전화해서 돈 없다, 배 째라를 시전하지 않나, 방송에 나왔다고 명예훼손으로 소송한다고 설레발치기까지 했다.

"돈 없다는 것도 거짓말이었고."

돈 없다고 땡전 한 푼 못 준다고 고래고래 소리를 질렀지만 정작 그들은 그 지역에서 무려 연 매출 180억짜리 한우집을 운영하고 있었다.

일반적인 식당의 경우 35%를 순수익으로 잡고 있으니 아무리 못해도 매년 60억 이상의 순수익을 내는 것이었다.

그런데 합의는커녕 돈만 공탁하고 사과도 하지 않았음에도 불구하고 재판부에서는 그런 식으로 처벌한 것이다.

아무리 공탁금을 찾아가는 행위를 합의로 본다는 법원의 규칙이 있다지만, 음주 운전에 역주행이라 보험사에서 보험금 지급도 거절한 상황에서 수천만 원씩 나오는 병원비를 지불할 방법이 없으니까.

그저 모른 척할 뿐이지, 과연 그런 돈이 있는 놈들이 판사에게 뇌물을 주지 않았을까? 안 봐도 뻔하다.

"그런데 대부분의 음주 운전 사건이 이딴 식이에요."

술을 먹고 실수로 사고를 친 거니까 적당히 봐주자, 그게 판사들의 시선이었다.

"거기다 이번 사건은 더 심각하고요."

"그럴 만하네요."

사고를 낸 당사자는 권소인.

노형진도 아는 사람이다.

"술을 먹고 차를 밀어 버렸고 다섯 명이 불에 타 죽었죠."

"하, 그런데 처벌이 힘들다라……."

"그만한 힘을 가진 사람이니까요."

권소인을 노형진이 아는 이유는 간단하다.

술을 마시지 않는 노형진조차도 알 만큼 서울, 특히 강남에서는 유명한 인물이니까.

한때 유명 그룹의 멤버였으며 지금은 클럽 와우와우를 비롯해서 일반 클럽 세 개, 나이트클럽 두 개 그리고 공식적으로 룸살롱 일곱 개를 운영하는 밤의 제왕이라 불리는 놈이었다.

"우리 힘으로 어찌할 수가 없어요."

그 힘이 얼마나 강한지 제3의눈의 힘으로는 기스도 내지 못할 정도라고.

'어쩔 수 없지.'

제3의눈의 전신인 복수재단은 애초에 거대한 악에 대항하기 위해 만들어진 조직이 아니다. 그건 노형진의 힘으로도 충분했으니까.

다만 노형진이 커버할 수 없을 정도로 너무 많은, 그리고 자잘한 악에 대항하기 위해 만들어진 조직이 바로 복수재단이었다.

악에 피해를 입어서 생활조차 못 하고 자살하는 사람들이 넘치는 상황이지만 법으로 다 처리하기도 애매하고, 노형진이 모두 소송할 수도 없는 노릇이니까.

가령 갑질 같은 경우는 누군가 자살할 정도로 심리적으로 상대방을 피폐하게 하는 일이지만 정작 법에서는 처벌하지 않는다.

그런 범죄를 막고 복수해 주고 갑질하는 놈들에 대항하기 위해서 만들어진 게 제3의 눈이지만, 그건 어디까지나 사회적으로 절대다수를 차지하는 평범한 악에 대한 저항이 목표다.

그렇다 보니 복수재단은 사회적으로 절대적인 힘을 가진 악에 대항하는 능력이 많이 부족한 게 사실이었다.

애초에 싸움의 대상이 다르게 설계되어 있으니까

"경찰도, 검찰도, 법원도 필사적으로 지키려고 하는 상황이니까요."

"권소인 측의 주장은 음주 운전은 하지 않았고 그저 접촉 사고였으며 재수가 없었던 것뿐이라는 거군요."

"네."

"개소리도 참 다양하게 하네."

"문제는 그게 아예 틀린 말은 아니라는 거죠. 아예 개소리면 어떻게 해서든 물어뜯어 보겠는데."

"하긴, 이건 진짜 애매하네요."

권소인은 운전 중에 사고를 냈다. 그리고 음주 운전으로 추정된다.

왜냐하면 술을 마시고 운전한 증거가 없기 때문이다.

자신의 스포츠카를 끌고 신나게 달렸는데 사고 후에 집에 가서 자 버리는 바람에 필요한 시점에 음주 측정을 하지 못한 것이다.

이런 경우 재판부는 음주 운전을 안 했다고 생각하기도 한다.

그나마 음주 운전을 했다고 생각하는 이유는 그의 스포츠카가 달리는 모습이 다른 제3자의 차량의 블랙박스에 찍혔는데, 누가 봐도 비틀거리는 게 정상적인 주행은 아니었기 때문이다.

"재수가 없다라…… 하아…… 또 그것도 아니긴 한데……."

재수가 없다는 건 권소인이 아니라 사고를 당한 피해자들이었다.

그들은 대학생들이었다. 함께 주말여행을 가던 중에 권소인이 끌던 스포츠카와 추돌했다.

아니, 추돌이라고 표현하는 것도 애매하기는 할 정도다.

비틀거리면서 뒤에서 쿵 하고 들이받았다. 그 탓에 해당 차량은 방향을 잃고 그대로 가드레일을 뚫고 바닥으로 떨어졌다.

다행히 가드레일 아래가 절벽 같은 것도 아니고 그저 좀 높은 수준이었기에 충격 자체는 크지 않았을 거다.

"끙, 전기차는 이게 문제죠."

여기서 문제가 두 가지 발생했다.

첫 번째, 그들이 몰고 있던 차량이 하필이면 전기차였다는 것. 전기차의 가장 큰 문제가 바로 화재에 취약하다는 거다.

전기차에 화재가 발생했을 때에는 물로 끄는 게 사실상 불가능하다.

두 번째, 해당 전기차는 모든 게 전기로 움직인다는 거다. 심지어 문의 개폐까지 말이다.

즉, 전기가 끊어진 시점에서는 문도 열지 못한다는 것.

아마 일반 엔진 차량에 그 정도 충격량이었다면 화재가 아니라 에어백이 터지고 몇 군데 부러지고 멍드는 정도에서 끝났을 거다.

하지만 전기차에서는 화재가 발생했고, 전기가 끊기면서 문이 잠겨 버렸다.

아직까지 정신이 깨어 있던 학생들은 탈출하기 위해 몸부림쳤지만 문이 열리지 않으니 탈출은 불가능했고, 그 좁은 공간에서 창문을 깨는 것 또한 불가능했다.

그걸 보고 다른 운전자들이 자신의 차량에 있던 소화기도 가져오는 등 온갖 노력을 다했지만 애초에 전문 소방관이 소방차를 끌고 와도 방법이 없다는 이유로 다 탈 때까지 두고 볼 수밖에 없다는 게 현재의 전기차 화재였기에, 결국 다섯 학생은 산 채로 불타 죽고 말았다.

"일단 체포는 했지만……."

"진짜로 술을 마시지 않았다면 교통사고처리특례법상의 치사인데."

길어 봐야 5년. 그것도 징역이 아니라 금고다.

심지어 그것도 형이 잘 나왔을 때의 이야기다. 전관을 쓰면 아마 더 짧아질 거다.

"금고라니 그게 말이나 되느냐고요."

"그렇기는 하죠."

사람들은 징역과 금고를 헷갈려 하는데, 간단하게 말해서 징역은 체포되어 감옥에 갇혀 일정의 노동에 동원되는 것을 의미한다.

하지만 금고는 교도소에 가는 것은 똑같지만 노동에 동원되지 않아서, 그냥 하루 종일 방에서 빈둥거리는 게 가능하다.

"그리고 이런 놈들은 금고로 가면 사실상 원룸행이라는 게 문제죠."

"맞습니다. 그게 문제죠."

원래 교도소의 1인실은 아주 특수한 경우에만 제공된다.

예를 들어 어떠한 이유로 다인실 사용이 불가능하거나 또는 특수직, 가령 국회의원이나 전직 대통령같이 대중에게 공개된 직업을 가지고 있어서 국가 기밀에 접근할 수 있었던 사람에게만 그들을 보호하기 위해 1인실을 제공한다.

하지만 현실은 돈이 있고 권력이 있으면 1인실을 쓸 수가 있고, 거기다 징역도 아니고 금고면 그냥 거기서 데굴데굴 구르면서 하루 종일 놀아도 누구도 신경 쓰지 않는다.

'물론 낮에 누워 있는 건 규정 위반이지만.'

그걸 문제 삼으면 변호사를 통해 간수를 말려 죽이는 게 권력자에게는 어렵지 않은 일이고, 실제로 사람들이 모를 뿐이지 죄수의 그런 갑질로 인해 적지 않은 수의 간수가 때려치우거나 심지어 자살하는 경우까지 있을 정도로 죄수들의 권력은 하늘을 찌르는 게 현실이다.

"아마 돈만 있으면 인터넷도 깔아 줄걸요."

"그럴지도 모르죠."

물론 유선이야 불가능하겠지만 은근슬쩍 무제한 데이터를 제공하는 간수가 없으리라는 보장은 없다.

핸드폰도 반입 금지 물품이지만 그마저도 온갖 소송을 하면서 인권침해라고 소송하는 게 죄수들이다.

실제로 간수들이 불시에 방 안을 수색하면 어떻게 반입한 건지 모를 핸드폰들이 튀어나오는 경우가 많다.

"흠…… 확실히 복수의 대상인데."

"네. 그런데 법적으로 방법이 없으니까요."

"이미 공탁도 걸었고요?"

"네. 한 사람당 5억씩 총 25억이나 걸었어요."

"적잖이 걸었네요."

"그러니까 문제예요."

사실 한 사람당 5억이라는 공탁금은 절대로 적은 돈이 아니다.

일반적으로 손해배상을 청구하면 나오는 돈과 거의 비슷하다.

"하지만 그 25억이 권소인 입장에서는 한 달 치 수익밖에 안 되니까요."

그 정도 돈이야 거는 데 부담도 없을 거다.

"제대로 처벌받게 하려면 음주 운전으로 엮어야 하는데 그게 쉽지 않아요."

음주 운전의 경우는 그나마 처벌 조항이 강해져서 특정범죄가중처벌법에 따라 3년 이상 징역 또는 무기징역이 나온다.

청주 사건의 경우는 사망이 법원의 판결 이후에 이루어지면서 처벌이 약해진 부분도 분명 있다.

하지만 이 경우는 무려 다섯 명이라는 사람이 사망한 상황.

"다섯 명이나 죽었으니 음주 운전으로 엮으면 무기까지도 노릴 수 있겠네요."

그 정도 시간이면 충분히 재산도 날리게 할 수 있다.

"돈이 문제가 아니에요."

"복수가 중요한 거군요."

애초에 아직은 상대적으로 비싼 전기 자동차를 사 줄 정도의 재력이라면 피해자들도 그리 가난한 집안은 아닐 거다.

고작 5억이라는 돈으로 자기 인생을 사겠다는 걸 과연 피해자들이 용납할까?

"경찰과 검찰은 뭐라고 합니까?"

이런 걸 다짜고짜 자신에게 가져오지는 않았을 거다.

복수를 하기 위해서는 경찰력과 밀접한 관련이 있어야 하니까.

"아예 수사를 안 하는 수준이에요."

"그 정도입니까?"

"네. 저희 쪽 경찰 한 명이 뒤를 캐려고 했는데……."

"했는데?"

"징계 먹었어요. 정직 3개월."

노형진은 눈을 찡그렸다.

정직은 경찰 내부에서도 흔하게 나오는 처벌이 아니다.

진짜로 대놓고 몇천만 원씩 뇌물을 받아 처먹다가 걸리지 않는 이상에야 나올 수가 없다.

그런데 정직이라니.

"이유가 뭔데요? 제3의눈이랑 일하는 경찰이라면 뇌물 같은 걸 받는 타입은 아닐 텐데요?"

제3의눈이 사회적인 정의를 부르짖는 집단이다 보니 은밀하게 같이 일하는 경찰이 없지 않다.

그런 사람들은 보통 정의로운 성향이기 때문에 뇌물을 받거나 하지는 않았다.

"협박요."

"협박?"

"네. 술집에 가서 돈 내놓으라고 협박했대요."

"증거는 없겠군요."

"네, 증언만 있어요."

"그 증언은 권소인이 소유한 술집에서 나온 거고요?"

"네, 엘레강트라는 곳이에요."

"뭐 하는 곳입니까? 처음 들어 보는데."

"룸살롱이죠, 뭐."

그 말에 노형진은 고개를 끄덕거렸다.

만일 룸살롱이라면 당연히 권소인을 위해 위증해 줄 거다.

어차피 불법적으로 일하는 곳이고, 현실적으로 정의로운 경찰과는 철천지원수일 수밖에 없을 테니까.

"그리고 다른 건요?"

"그 후에 저희 쪽에서 조사를 요청했지만 진행되는 게 없어요."

"술을 마셨다는 증거도 없고요?"

"전혀요. 그날 블랙박스도 삭제했고요."

외부에서 운전한 게 찍혀 있기는 하지만, 권소인은 자신이 거칠게 운전한 것은 사실이나 술은 마시지 않았다고 주장하고 있었다.

"술을 안 마셨다는 증거는요?"

"증인이 백 명쯤 될걸요."

"네?"

"그 사람이 퇴근 직전에 있었던 곳이 와우와우예요."

"와우와우면 그가 가진 클럽 중에서 가장 큰 곳 아닙니까?"

"맞아요. 그리고 그날 만난 사람이 이그젝트구요."

"이그젝트?"

"아시려나 모르겠지만 한때 잘나갔던 애들이에요. 지금도 팬층이 아예 없는 건 아니고요. 그 시대에 활동하던 다른 애들하고 달리 그나마 유지되고 있을 정도로요."

"그 시대의 다른 그룹들하고 다르다고요?"

"그 시대 애들은 인성이고 뭐고 엿 바꿔 먹어서 온갖 사고 치고 해체한 케이스가 수두룩하잖아요?"

"하긴, 그건 그렇죠."

이그젝트는 2세대 아이돌이고, 권소인과 같은 시기에 활동한 그룹이다. 이제는 퇴물이 되어 버렸다곤 하지만 여전히 엔터 업계에서 강력한 힘을 자랑하는 그룹임은 확실하다.

2세대 아이돌의 경우는 상대적으로 사람들에게 인성이 안 좋다는 평가가 있다.

어떻게 보면 당연한 게, 인터넷으로 피해자들이 호소할 수 있었던 시대도 아닐뿐더러 언론사들 역시 돈 받고 사건을 덮어 주는 게 어렵지 않던 때였으니까.

그래서 그 시대의 속칭 아이돌 중에는 버는 것보다 합의금으로 돈을 더 주는 인간이 있을 정도로, 기업들이 아이돌들의 인성에 대해 신경 쓰지 않았다.

물론 지금이야 과거의 학교 폭력 범죄만으로도 퇴출되는 시대지만.

"그리고 그들에게 따라붙는 별명이 말술이에요."

5인 멤버 모두가 술에 강한 수준을 넘어서 술에 환장하는 수준.

다섯 명이 모여서 하룻밤 만에 소주 한 짝, 그러니까 서른 병을 먹을 정도로 술이 세기로 유명하다.

말이 소주 한 짝이지 한 명당 여섯 병인데, 그 정도면 술약한 사람은 급성 알코올중독으로 죽어 버릴 수도 있는 수준이다.

"그들과 함께 두 시간 정도 있었다는데 권소인이 술을 안마셨을 리가 없어요."

권소인 본인도 지독한 주당으로 소문나 있는 사람이니까.

"확실히 의심스럽기는 하네요."

"네. 문제는 경찰이에요. 애초부터 경찰이 덮으려고 작정한 사건이니까."

사고가 난 시점은 새벽 2시. 그리고 영상을 제공받은 시점은 거의 사고 직후 바로였다.

해당 영상에는 차량 번호가 있기 때문에 가서 음주 측정을 하면 된다.

하지만 명백한 증거가 있음에도 불구하고 영장을 청구하고, 그 영장이 나오기까지 나흘이 걸렸다. 나흘 후에 아무리 검사해 봤자 알코올 농도가 측정될 리가 없다.

심지어 권소인은 사고 당일에 건강 이상을 이유로 병원에 입원해서 나흘 내내 링거를 맞았으니 더더욱 알코올이 남아 있을 리가 없었다.

"아마 차량 조사를 해 보고 권소인의 차량이라는 게 알려지자마자 바로 보호 과정에 들어갔을 겁니다."

보호를 위해 최대한 사건을 늦췄을 거다.

보통 이런 상황이면 바로 현장에 가서 음주 측정을 시도하고, 거부하는 경우 긴급체포와 혈액검사를 통해 음주 상태를 확인하니까.

그렇게 정상적인 해결 방법이 있는데 굳이 그걸 비밀로 하고 영장을 청구하면서 시간을 끈다?

"다섯 명이 죽었으니."

이건 못해도 10년 이상 나올 수밖에 없는 상황.

"권소인 입장에서는 그걸 인정할 수가 없겠죠."

"그런가요?"

"권소인이 얼마나 많은 범죄를 저질렀는지 모르시나 봐요?"

"아, 연예계에 관심이 있기는 하지만 가능하면 좋은 쪽만 보려고 하거든요."

만일 노형진이 어두운 면을 다 캐 가면서 조사하려고 하면 성격상 그걸 두고 보지 못할 가능성이 크니까.

물론 의뢰로 들어오는 경우에는 확실하게 조져 버리지만, 취미가 덕질인데 더러운 면을 보면서 덕질 하고 싶은 사람은 아무도 없다.

"그간 권소인이 저지른 범죄가 한둘이 아니거든요."

폭행도 있고 마약도 있고 심지어 음주 운전도 두 번이나 적발되었다.

3개월 전에도 음주 운전으로 만취 상태로 걸렸다고.

그리고 그 모든 게 다 집행유예 아니면 벌금.

"면허가 취소가 안 되었다고요?"

그 말에 노형진은 고개를 갸웃했다.

보통 음주 운전이 걸리면 면허정지 또는 면허취소다. 만취 소리를 들을 정도면 100% 면허취소가 나와야 한다.

"그게 웃기게도 생계를 이유로 면허취소는 면했어요."

"지랄 났네요, 아주."

음주 운전을 하면 대부분 면허취소가 나오지만 생계가 달려 있는 경우 유예해 주는 제도가 있다.

그런데 질이 안 좋은 운전기사들은 아예 그걸 약점 삼아서 대낮에도 음주 운전하다 걸리면 생계를 이유로 면허취소를 피한다.

실제로 식당에서 반주랍시고 술을 주문하는 운전기사들을 흔히 볼 수 있다.

"그거야 그렇다고 쳐도 권소인이 뭔 놈의 생계입니까?"

한 달 수익이 25억이 훌쩍 넘는 놈인데 그놈이 뭔 놈의 생계 고민을 한단 말인가?

상식적으로 그런 놈이라면 그냥 개인 운전기사를 고용해서 다니면 되는 일이다.

"뻔하죠. 두둑한 뇌물로 해결 못 하는 건 없으니까."

"끄응."

노형진은 눈을 찡그렸다.

"일단 현재 저희 쪽에서는 손발이 다 막혔어요."

아무리 제3의눈이라 해도 이 정도 파워를 가진 사람이라면 손대지 못한다.

"그래서 정식으로 의뢰하는 거군요."

"맞아요. 피해자들도 돈만 받고 피해를 퉁치는 건 용납 못한다고 하니까."

돈이 없는 것도 아니고, 사과는커녕 허위 사실 유포로 고소한다고 설레발치고 있으니 당연히 화가 날 수밖에.

"법적으로는 방법이 없겠네요, 현재로서는."

사망 사고인 만큼 집행유예가 나올 가능성은 없지만 그래

봤자 1년 내외 있다가 모범수로 풀려날 가능성이 크다.

"정식으로 접수하죠."

비록 제3의눈이 노형진이 세운 곳이지만 그렇다고 해서 정식으로 사건을 받지 말라는 법은 없다.

"어차피 제가 아니면 누구도 받지 않을 테니까."

권소인이라는 놈이 가진 힘이라면 충분히 그러고도 남는다.

"다만 상당히 변칙적인 방법을 쓰게 될 겁니다."

"상관없어요."

강원미는 단호하게 말했다.

"중요한 건 복수니까요."

"중요한 건 복수죠."

노형진은 눈을 번뜩거렸다.

⚖️

"권소인?"

노형진은 가장 먼저 오광훈을 찾아갔다.

조사를 경찰에서 한다지만 이런 사건쯤 되면 검찰에서 오더가 내려오지 않을 리가 없다.

"그래. 혹시 아는 거 있어?"

"뽕쟁이?"

"그거야 다 아는 사실이고."

"뭐, 그 새끼 질이 안 좋지."

"다 아는 이야기 하지 말고."

"아니 아니, 그게 아니라 진짜로 질이 안 좋아. 엮이면 곤란한 새끼라니까."

마치 아는 것처럼 말하는 오광훈.

노형진은 그런 오광훈에게 혹시나 하는 마음으로 물었다.

"너 혹시 권소인 그 새끼랑 개인적으로 아는 거야?"

"뭐, 알지."

"안다고? 진짜로? 어떻게?"

"아니, 지금 말고 옛날에."

"아아~."

옛날이라 하면 오광훈이 다시 살아나기 전, 즉 조폭 시절을 이야기한다.

"사람들 눈이 있으니까 나가자."

오광훈은 노형진을 데리고 사람이 없는 곳으로 향했다. 그리고 커피를 건네며 말했다.

"그 새끼가 룸살롱에 환장하는 건 알지?"

"알지."

"그래. 그리고 서울에서 가장 핫한 룸살롱을 가진 놈이 누구였을 것 같냐?"

"설마 그때 손님이었냐?"

"맞아."

"확실히······ 가능하겠네."

권소인은 2세대 아이돌이다. 지금도 팬층이 없는 건 아니지만, 지금은 가수나 연예인이라기보다는 성공한 사업가의 이미지를 가지고 있다.

대외적으로 클럽을 운영하는 사람이니까.

그리고 2세대 아이돌의 활동 시기를 생각하면 딱 오광훈이 조폭으로 룸살롱을 운영하던 시기였다.

"우리 가게 큰손님이셨다. 그래서 몇 번 인사도 나눴고."

"그게 가능해?"

"가능하지. 알잖아, 남자 연예인들이 고자도 아니고."

"아, 이해는 간다."

남자 연예인이나 아이돌은 고자가 아니다.

그래서 화면에서는 아예 여자를 모르는 것처럼 행동하기도 하지만 뒤에서는 은밀한 만남을 가질 수 있도록 회사에서 주선한다.

그런데 여기서 문제가 생긴다.

질이 안 좋은 팬이나 여자와 엮이면 협박받는 경우가 있다는 거다.

"실제로 그런 경우가 어디 한두 번이어야지."

회사 안 끼고 술집에 갔다가 술집 여자가 나중에 난데없이 강간당했다고 질질 짜는 건 연예계에서 딱히 낯선 일도 아니다.

그런 식으로 당한 남자 연예인이 어디 한둘인가?

물론 대부분은 일이 그 지경이 되기 전에 수천만 원 안겨주고 입을 막지만, 그 여자에게 억하심정이 있거나 무리한 요구를 하는 경우 볼 것도 없이 강간으로 처벌받는다.

설사 나중에 무죄가 나온다고 해도 성매매 업소에 갔다는 사실만으로 남자 연예인의 커리어는 끝장났다고 봐야 한다.

"그래서 엔터 바닥의 철칙 중 하나가 그거거든. 중간에 조폭을 낄 것. 시대가 바뀌었다고 해도 그건 지켜질걸. 지금이라고 남자 새끼들이 고자는 아닐 테니까."

"법보다 주먹이다 이거냐?"

"어쩔 수 없잖아."

술집 여자가 죄를 뒤집어씌우면 커리어가 끝나니까.

그렇다고 해서 돈을 준다?

처음에는 천만 원, 그다음에는 2천, 그다음은 3천이 된다. 나중에는 억 단위를 요구하는 여자들도 있다.

"그렇다 보니 컨트롤이 가능한 애들을 끼는 거지."

경찰에 신고하면 경찰은 여자 편을 들겠지만, 조폭 아래에서 일하는 여자들의 경우에는 경찰보다 조폭이 더 두려울 수밖에 없다.

상황에 따라서는 한 3천만 원 받을 수 있겠지만 그 대신에 조폭이 그 여자를 죽여 버릴 거다.

"하긴, 대기업 총수도 협박당하는 판국에."

한국의 대기업 총수조차도 돈에 눈이 먼 여자에게 협박당

해서 뉴스에 나간 적이 있다.

물론 힘으로 찍어 누르고 순식간에 뉴스는 삭제되었고, 그후에 그 여자는 살았는지 죽었는지 알 수 없게 되었지만.

"중요한 건 깔끔하게 끝내야 한다는 거지."

"그런데 그런 걸 아는 네가 더럽다고 할 정도면 상당히 곤란한가 보네?"

"그 새끼 술 먹으면 개 된다. 나중에는 아예 그 새끼 안 받으려고 해서 결국 다른 룸으로 보냈어."

"개가 된다고?"

"사람을 패거든."

혀를 내두르는 오광훈.

"너도 알다시피 그런 데서 일하는 여자애들은 얼굴이 밑천이야. 그런데 주먹 휘두르는데 누가 좋다고 하냐?"

아무리 회사에서 돈 좀 쥐어 주고 입 닥치게 한다고 해도 그런 꼴을 당하고 싶어 하는 사람은 없다.

돈이 문제가 아니라 자존심의 문제다.

"결국 나중에 내가 오지 말라고 했다."

"큰손님인데 오지 말라고 할 정도면 정말 지독했나 보네."

"지독한 것도 지독한 건데……."

말을 하던 오광훈이 돌연 눈을 찡그렸다.

"생각해 보니 싸하다."

"왜?"

"그 뒤에 우리 조직에서 마약 이야기가 나왔거든."

"네가 마약 유통에 반대하다가 죽은 건 나도 알지."

"응. 근데 생각해 보니까 나 죽기 얼마 전에 권소인 그 새끼가 마약으로 한번 난리가 났단 말이지."

우연일까? 그럴지도 모른다.

하지만 노형진의 경험상 이 바닥에 우연이라는 건 없다.

"흠."

노형진은 오광훈의 말을 곱씹다가 말했다.

"그러면 네가 보기에는 그놈이 술 마시고 음주 운전할 놈이야?"

"하고도 남지. 약을 해도 이상하지 않을 놈이니까."

"위에서는 조사할 생각이 없고?"

"있겠냐?"

오광훈은 목소리를 낮췄다.

"그 새끼가 위에 처바르는 돈이 얼마나 많은데."

"그 정도야?"

"검사 중에 돈 안 받은 놈이 없다는 소리까지 있더라."

물론 그 정도는 아닐 거다. 적어도 스타 검사들은 돈을 받지 않을 테니까.

하지만 그럼에도 그런 소문이 돌 정도면 로비력이 엄청나다는 거다.

"내가 더 자세하게 알아봐?"

"아니야."

노형진은 오광훈의 말에 고개를 흔들었다.

"이걸 잘 알 만한 사람이 있거든."

"누군데?"

"우리랑 같이 일했던 변호사."

노형진은 손예은을 생각하며 말했다.

"아마 누구보다 잘 알겠지."

　　손예은 변호사.

　　한때 청계 소속이었다. 하지만 새론에 와서 진실을 알고는 청계와 손절한 변호사이기도 했다.

　　다만 청계라는 조직에서 일한 경력 때문에 새론 내부에서 잘 적응하지도 못했고, 성격상 마냥 착한 노릇만 하려는 변호사들과 친해지지도 못했던 그녀는 우연한 기회에 화류계 쪽 사람들과 일하면서 그들의 변호사가 되었다.

　　그리고 그녀를 이끌었던 안당 마님 사후에 그 자리를 이어받아 음지의 사람들을 보호하는 역할을 하고 있다.

"오랜만에 뵙네요."

"네, 오랜만에 뵙습니다."

손예은 변호사는 고개를 숙이며 인사를 건넸다.

이것이 법이다

노형진은 그런 그녀를 보면서 피식 웃었다.

"좋아 보이십니다."

"성격에 맞더군요."

한때 안당 마님이 기거하던 화려한 고옥은 여전했지만 내부는 최신식 사무실로 개조되어 있었다.

안당 마님이 늘 기대앉아서 긴 담배를 물던 자리에는 이제 책상이 들어섰고, 그 자리에서 손예은이 화류계 여성들을 보호하기 위해 일하고 있었다.

안당 마님이 손예은에게 모든 걸 물려주는 대신에 자신의 뒷일을 부탁했기 때문이다.

"연락 좀 자주 주시죠."

"제가 자주 연락하면 부담 느끼는 업계니까요."

"하긴, 그렇죠."

화류계는 한국의 어둠의 세계.

존재하지만 존재하지 않는, 인정할 수도 없는 그런 세계이다 보니 사방에서 관심을 받는 노형진이 관심을 보이면 더이상할 수밖에 없다.

"그나저나 소식은 들었습니다. 권소인에 대해 정보가 필요하시다고요?"

"네. 그쪽에 대한 정보는 없습니까?"

"왜 없겠어요."

손예은은 미리 준비한 서류를 내밀며 말했다.

"파일로 드릴 이유는 없죠?"

"네."

노형진은 고개를 끄덕거렸다.

그래도 되기는 하지만 기본적으로 비밀인 서류는 읽고 바로 현장에서 파기하는 게 안전하니까.

특히나 권소인같이 권력과 친밀한 자와 관련된 서류는 더더욱 그렇다.

노형진은 손예은이 건넨 서류를 읽기 시작했다. 그리고 자신도 모르게 눈을 찡그렸다.

"허, 이건 생각지도 못한 일이네요."

"이런 일은 흔하지 않죠."

"흔하지 않은 정도가 아니라 아예 예상도 못 했습니다만?"

"아마도 업계 쪽에서 작정하고 밀어준 모양이에요. 하긴, 아무리 2세대 아이돌이라지만 룸살롱까지 운영하는 사람을 성공한 사업가로 포장해서 방송에 내보내는 건 전혀 다른 문제니까요."

손예은이 건넨 권소인에 대한 정보는 생각과는 달랐다.

노형진이 예상한 정보는 접대를 어느 정도로 하고 또 사업을 어떻게 하는지에 관한 정도였는데, 그 이면은 상상을 초월했다.

"그러니까 권소인은 방송계에서 화류계에 투자하고 싶어 하는 사람들의 일종의 얼굴마담이다?"

이것이 법이다

"아시잖아요, 화류계와 방송계가 아주 끈끈하다는 거."

"그건 그렇죠."

노형진이 엔터테인먼트조합을 만들면서 가장 공을 들인 것 중 하나가 바로 화류계와의 접촉을 막는 거였다.

데뷔하지 못한 연습생 출신이나 망한 걸 그룹 출신들에게 접근해서 룸살롱으로 데려가려고 혈안이 되어 있다 보니, 그들을 보호하기 위해 노형진이 개별적으로 생활환경도 제공하고 학업도 지속할 수 있게 하면서 어떻게 해서든 자기 인생을 살아갈 수 있게 만들려고 노력했다.

하지만 그런 노력을 비웃기라도 하듯 슬며시 파고들어, 데뷔하지 못하거나 성공하지 못해 절망에 빠진 여자애들을 데려가는 게 화류계였다.

"이쪽에서는 컨트롤이 안 됩니까?"

"네, 아예 접점이 없으니까요. 아시겠지만 안당 마님은 애들을 속여서 화류계로 끌고 오는 행동을 극도로 싫어하셨어요."

당연히 그런 짓거리를 하던 놈들과 관계 자체를 가지지 않으려 했다.

속아서 어쩔 수 없이 들어온 후에 도움을 요청하면 도와줄지언정 속인 놈들은 사람 취급도 안 했던 게 안당 마님이었고, 손예은은 그런 그녀의 유지를 그대로 이어 가고 있었다.

"그리고 화류계에 여자를 공급하는 사람들 중에는 별의별 놈이 다 있죠."

기자라든가 전직 매니저, 심지어 현직 연예인도 있다.

"권소인도 마찬가지고요."

권소인은 성공한 사업가라는 가면과 막대한 돈으로 그렇게 실패한 연습생들을 화류계로 끌어들이는 역할을 한다는 것.

"문제는 그런 그에게 투자하는 놈들이 있다는 거고요."

"그게 다른 엔터 업계 종사자라는 거군요."

"맞아요."

대외적으로 엔터 업계 종사자가 그런 곳에 투자하는 건 좋아 보이지 않는다.

하지만 누군가가 몸빵이 되어 준다면?

"그게 권소인이에요. 당장 소속사에서도 권소인의 클럽과 룸살롱에 투자한 금액이 200억 이상이라고 하니까요."

"짜증 나는군요."

"아시잖아요, 그 바닥 80%는 생양아치인 거?"

예쁘고 어린 애들이 연습생으로 있다. 발정이 나서 건드리고 싶은데 건드릴 수가 없다?

옛날처럼 데뷔 운운하면서 건드릴 수도 없다. 그랬다가 데뷔 못 하면 강간으로 고소해 버리는 시대니까.

과거에는 창피해서 신고하지 않았지만 지금은 당당하게 고소하는 시대다.

"그래서 방법을 바꾼 거죠."

속여서 룸살롱으로 보낸 다음에 거기에서 건드리는 거다.

자기 쾌락을 위해 어떻게 해서든 여자의 인생을 망치려고 발악하는 놈들이다.

"그리고 그 과정에서 막대한 로비도 같이 이뤄지고 있어요."

"흠……."

"방송계에서부터 정치계까지, 화류계에 투자하고 싶어 하는 사람들이 방패로 삼는 게 권소인입니다."

노형진은 심각하다는 생각을 하면서 차를 입에 머금었다.

그러나 다음 말에 순간 그걸 뿜어낼 수밖에 없었다.

"그래서 그의 별명이 자칭 '밤의 노형진'입니다."

"풉! 콜록콜록."

너무 놀라서 콜록거리던 노형진에게, 손예은은 그다지 놀랍지도 않다는 듯 물티슈를 꺼내서 건넸다.

"밤의 노형진요?"

"네, 자칭이기는 하지만요."

"그게 가능합니까?"

"가능하죠. 지금 새론이 정치적으로 보호받는 이유가 뭡니까?"

"끄응."

그건 다름 아닌 노형진이라는 존재를 통해 마이스터도 아닌 미다스가 투자를 대신해 주기 때문이다.

새론이 날아가면 자신이 투자한 돈도 날아가니까 당연히 새론을 보호할 수밖에 없는 것.

"그런 면에서 저쪽도 마찬가지인 거죠."

권소인이 날아가면 자신들이 투자한 돈은 몽땅 날리는 거다.

"깨끗한 곳보다는 더러운 곳이 돈이 되기 마련이니까요."

"그건 그렇죠."

미다스라는 존재가 괴물 같은 거지, 현실적으로 정상 투자는 수익률 면에서 화류계 등 더러운 곳에 투자하는 것을 절대로 못 이긴다.

"더군다나 지난 2년은 길고 힘들었으니까요."

"하아~."

코델09바이러스로 클럽들은 파리가 날리고 룸살롱도 제대로 영업을 못 했다.

코델09바이러스를 막기 위해 폐쇄를 명령한 데다가, 환자를 추적하기 위해 동선을 추적하다가 룸살롱 같은 곳이 나오면 이혼 대상이 되어 버리기 때문이다.

"이제야 좀 살 만해졌고 추적도 안 하죠."

마스크도 벗었고 추적도 안 하는 지금에야 코델09바이러스를 하나의 감기 정도로 생각하는 분위기가 되었다.

"이제 막 시작인데 권소인이 잡혀 들어가 봐요."

"손실이 어마어마하겠군요."

그러니 위에서는 뭔 짓을 해도 권소인을 보호하려고 발악할 수밖에 없다는 거다.

"다 보셨나요?"

"네."

그 말에 그걸 받아서 하나하나 세절기에 넣는 손예은.

"저희 입장에서도 그쪽 출신들은 반갑지 않아요."

단순히 경쟁이 문제가 아니다.

명백하게 속임수와 범죄를 이용해서 피해자를 만드는 놈들이니까.

"어지간한 압력으로는 눈도 깜짝하지 않겠군요."

"네, 아마 쉽게는 안 될 겁니다."

세절을 마친 손예은은 다시 자리에 와서 앉아서 이야기를 시작했다.

"그리고 이건 아직 불확실한데, 내부에 마약도 돈다는 말이 있어요."

"그렇지 않은 클럽이 있습니까?"

마약은 한국에 상당히 널리 퍼진 상황이다.

마약 청정국? 그런 건 옛말이 된 지 오래.

고등학생이 학교 안에서 마약을 파는 게 현재 한국의 상황이다.

"물론 대부분의 클럽에서 그 사실을 알고 있죠. 그래서 죽으려고 하고요."

클럽 하면 마약이 연상될 정도로 클럽 내 마약은 아주 심각한 문제다.

그런데 사람들이 잘못 알고 있는 게, 사실 클럽에서는 마약을 극도로 싫어한다.

왜냐하면 마약쟁이가 자기네 클럽에서 나와 버리면 그때부터 정부와 경찰에서 미친 듯이 그 클럽을 때려잡기 때문이다.

마약쟁이가 클럽에서 잡히면 그놈만 처벌받는 게 아니라 마약을 클럽에서 유통했을 가능성을 조사한답시고 클럽에 세무조사가 들어오고 내부에서 일하던 사람들을 하나하나 조사한다.

툭하면 마약 검사한다고 경찰이 들락날락하는 클럽을 좋아하는 손님은 없으니, 진짜로 마약 혐의가 뒤집어씌워져서 조사가 들어가면 멀쩡한 클럽이 망하게 되는 건 한순간이었다.

"아시겠지만 클럽을 하나 세우는 데에는 돈이 엄청 들어가죠."

서울에 클럽을 세우려면 수백억 단위의 돈이 들어가는데, 그런 곳을 한순간에 날릴 수 있는 마약을 어떤 클럽이 좋아하겠는가.

그래서 일반적인 생각과 다르게 클럽에서는 마약을 막기 위해 몸부림친다.

마약을 하는 놈들을 찾거나 마약을 하는 놈을 자발적으로 신고하는 직원에게는 수백만 원의 포상을 주는 식으로 나름대로 노력한다.

하지만 워낙 마약이 넘치는 판국이고, 특히 클럽은 애초에 그런 목적으로 오는 놈들과 그런 놈들에게 마약을 파는 게 목적인 브로커들이 몰려들어서 개판 그 자체라 특정하기가 쉽지 않다.

널브러진 사람이 마약에 취한 건지, 아니면 술에 취한 건지는 아무리 직원이라고 해도 알 수가 없기 때문에 섣불리 뭐라고 할 수도 없다.

마약 적발로 돈을 받는 것과 별개로 손님의 심기를 거슬리면 그날로 잘리는 게 현실이니까.

"그런데 권소인은 자발적으로 마약을 공급하는 편으로 알려져 있어요."

"스스로가 뽕쟁이니까요. 뭐."

어찌 되었건 마약이 단기적으로 보면 클럽의 매출에 상당한 기여를 해 주는 건 사실이다.

"그것도 그렇고 마약에 취한 여자들을 술집으로 끌어당기기 쉬우니까요."

클럽에 있는 여자들 중에는 예쁜 여자들이 많다. 입구에서 아예 커트를 해 버리니까.

그러니 마약에 취해서 돈을 박박 긁어내 버리면 마약을 사기 위해 자발적으로 술집으로 향하는 경우가 엄청나게 많다.

"겁나 기분 나쁘군요."

처음에는 단순히 음주 운전에 대한 복수라 생각해서 사건을 받아들였는데 밤의 노형진을 자칭하고 있다니.

"내 얼굴에도 똥칠을 하고 있었다 이 말이죠."

노형진은 이를 빠드득 갈았다.

"어쩌시겠어요? 물론 복수하시려 한다면 방법은 많죠."

돈으로 압박해도 되고, 깡패를 보내서 그곳을 박살 내도 된다.

물론 그 후에 온갖 더럽고 복잡한 법률적 관계가 꼬이겠지만 그렇다고 해서 권소인이 노형진을 이길 수는 없다.

"정석대로 가야지요."

"정석대로요?"

"네. 뒤에서 밀어주는 놈이 그렇게 많다면, 제가 정석대로 하지 않으면 금방 재기할 겁니다."

당장 똑같이 방송에서 성추행을 해도 누군가는 재기는커녕 언급되는 것만으로도 통편집되어 버리는데, 또 다른 누군가는 여전히 낄낄거리면서 메인 자리를 붙잡고 있는 경우가 있다.

범죄를 저질렀을 때 처벌은 공정하게 이루어지지 않는다.

오히려 친하면 친한 만큼 소위 세탁이라는 걸 위해 사방에서 도와주기도 한다.

"물론 실형이 나올 수는 있겠지만요."

하지만 노형진의 예상으로는 길어 봐야 1년 6개월 정도일 거다. 그리고 그 뒤에는 집행유예라는 말이 따라붙을 거다.

"그럼 변칙적으로는 어떻게 하시려고요?"

"글쎄요. 일단은 술을 먹었는지부터 알아봐야겠네요."

술을 마셨느냐 안 마셨느냐는 아주 중요한 요소다. 그에 따라 처벌의 수위가 달라지니까.

"그걸 어떻게 알아내시려고요?"

"그날 같이 술을 마신 놈들이 있습니다. 그렇게 의심되고 있죠, 이그젝트라고."

"그들이라면 마셨을 가능성이 크죠. 술꾼으로 소문났으니까."

"일단 접촉해서 물어봐야지요."

"그런다고 과연 사실대로 대답할까요?"

그 말에 노형진은 씩 웃었다.

"대답 따위는 필요 없습니다."

최소한 그에게는 그랬다.

엔터계의 어둠

이그젝트.

2세대 아이돌로, 이제는 나이가 나름 찬 그룹이다. 하지만 아직도 해체되지 않고 유지되고 있다.

사실 아이돌이라고 보기에도 애매하다.

일반적으로 사람들이 생각하는 아이돌은 10대에서 20대, 많아야 30대를 넘지 않는데, 2세대 아이돌의 나이를 생각하면 이제 사십 줄 정도 되니까.

하지만 그럼에도 불구하고 이그젝트는 나름 활발한 활동을 하고 있다.

물론 그룹 가수로서가 아니라 개개인의 연예인 활동이지만, 그래도 공식적으로 이그젝트라는 그룹은 해체하지 않고 있다.

그리고 그 이그젝트라는 그룹이 해체되지 않는, 반쯤 우스 갯소리인 가장 큰 이유가 있는데, 바로 같이 술 마실 사람이 없어서라고 한다.

죄다 말술이라 다른 사람들이 기피한다나?

물론 농담처럼 하는 말이지만 동시에 아예 또 틀린 말도 아니다.

이그젝트가 술이라는 끈끈한 동맹으로 맺어진 건 멤버들 모두가 인정하는 사실이었다.

오죽하면 그들 스스로 자신들은 피 대신 알코올을 나눈 형제라고 하니까.

하지만 오늘만큼은 이그젝트의 멤버들 자신들이 술을 그 렇게 마신다는 사실이 곤혹스러울 수밖에 없었다.

"어…… 음주 운전 방조라니요?"

이그젝트의 보컬이자 멤버들의 맏형이자 리더인 한강원은 너무 놀라서 숨이 멎을 것 같았다.

"네, 제보가 들어왔습니다. 언론을 통해 터트리기 전에 확인차 찾아온 겁니다."

노형진과 함께 온 코리아 타임라인의 기자는 눈을 부라리 며 말했다.

"절대 아닙니다. 절대 아니에요. 그런데 그걸 떠나서, 인 터뷰를 하는데 왜 변호사를 대동한 겁니까?"

"아, 이런 사건은 아무래도 심각한 문제가 있어서요. 아시죠? 요즘 음주 운전과 관련해서 국민들이 얼마나 극도로 분노하시는지."

술을 처먹고 어린애들을 깔아뭉갠 놈이 제대로 된 처벌도 받지 않고, 대낮에 술 처먹고 어린이 보호구역에서 과속하다가 걸렸어도 적반하장으로 '누구한테 허락받고 이 대낮부터 음주 운전을 검문하느냐'고 갑질하는 등 안 좋은 소리가 나오자, 음주 운전과 관련해서 소문나면 사실상 커리어가 끝장나는 분위기였다.

"그렇다 보니 이게 뭔가 걸릴 것 같다고 해서 그냥 터트릴 수는 없게 되었거든요."

물론 당사자가 음주 운전을 한 건 아니라지만 음주 운전 방조도 연예인 입장에서는 커리어가 걸려 있는 문제이기는 하다.

"그렇기 때문에 공신력 문제로 변호사님을 대동한 겁니다. 걱정하지 마세요."

"아니, 걱정하지 말라는 게 말이 됩니까?"

만일 진짜 음주 운전 방조를 했다는 사실이 드러나면 뉴스에 대문짝만 하게 박아 버리겠다고 덤비는데 걱정하지 않으면 그건 연예인이 아니다.

"진짜 우리는 음주 운전 안 한다니까요. 선은 안 넘습니다."

실제로 이그젝트는 주당에 술꾼으로 소문난 그룹이지만

단 한 번도 음주 운전으로 엮이거나 한 적은 없었다.

술을 마시고 새벽에 매니저를 부른다고 욕은 좀 먹을지언정, 그것도 안 될 때는 주변 호텔에서 잠을 청할지언정 실제 음주 운전은 단 한 번도 저지르지 않았다.

"하지만 방조는 다르죠. 알면서 모른 척하신 거니까."

"진짜로 저희는 모른다니까요. 저희랑 같이 운전한 사람도 없고요. 술 마신 사람이랑 같이 탄 적도 없고요."

한강원은 아예 모른다는 듯 말했다. 그런 적은 진짜로 없으니까.

그러자 옆에 있던 노형진이 그런 한강원에게 말했다.

"음주 운전 방조는 단순히 음주 운전 차량의 조수석에 타고 있었다는 것만으로 성립하는 행위가 아닙니다."

방조란 음주 운전을 하려는 사람이 있는데 그걸 말리지 않은 모든 행위를 의미한다.

예를 들어 주차장에 차를 세우면 키를 받아 두는 곳이 있는데 누가 봐도 술에 취해 와서 차 키를 요구하는 경우 그걸 건네주면 음주 운전 방조가 될 가능성이 크다.

물론 대리를 불러서 기다린다거나 할 수도 있겠지만 최소한 '대리운전 부르셨나요?'라고 확인이라도 해야 한다.

"그런데 제보에 따르면 권소인 씨가 사고 난 날 같이 술 마시고 권소인 씨의 음주 운전을 방조하셨다고 하던데요?"

"누…… 누가 그래요!"

그 말에 한강원이 어이가 없다는 듯 목소리를 낮췄다.

"증인이 있습니다. 그 증인은 여차하면 CCTV도 제공하겠다고 했고요. 권소인이 출발할 때 나와서 배웅까지 해 주셨다던데."

"아니, 진짜 억울해 미치겠네. 우리는 배웅 같은 거 안 했습니다. 애초에 그 새끼는 혼자서 술 처먹고 나갔다고요!"

다급하게 말하는 한강원.

그리고 그 말에 노형진은 속으로 미소 지었다.

'빙고.'

술을 마셨다는 증거가 드디어 나왔다.

그제야 아차 했는지 한강원이 다급하게 입을 막았다.

"아니, 그, 같이 있었다는 거지 술 마셨다는 건 아닙니다. 어, 그래. 같이 있었던 것뿐이에요."

다급하게 말을 바꾸는 한강원이지만 이미 노형진은 권소인이 술을 마셨다는 걸 확신하고 있었다.

그리고 그 사실을 확신한 건 기자도 마찬가지였다.

"그러면 술 마시고 운전하러 가는 걸 알면서도 말리지 않았다는 거네요."

"미치겠네. 안 마셨다니까요."

"방금 마시고 갔다고 이야기하셨어요."

"아니, 그건 내가 잘못 기억하는 거고."

"글쎄요? 그건 경찰이 조사하면 될 일 같습니다."

노형진의 말에 한강원은 다급하게 노형진을 말렸다.

"변호사님, 이러시면 안 됩니다. 진짜 곤란해요. 진짜로 안 마셨다니까요."

'이러면 곤란한데?'

기자가 터트린다고 해도, 한강원이 나중에 말이 헛나왔다고 해 버리면 의미가 없어지는 사실이기는 하다.

"하지만 음주 운전을 방조한 건 사실 아닙니까?"

"안 마시고 갔습니다. 진짜로요!"

"그건 경찰이 확인할 일이라고 몇 번이나 말씀드렸습니다만."

그 말에 점점 창백해지는 한강원.

노형진은 그 모습을 보고 한 가지 확신을 가졌다.

'이그젝트는 대등한 관계가 아니군.'

만일 대등한 관계였다면 이런 상황에서 곤란해할 수는 있어도 이렇게 겁먹고 허둥지둥할 이유는 없다. 그렇다면 다른 두려운 요소가 있다는 의미다.

"사실을 말씀해 주세요."

"아니, 그러니까 술 안 마셨다니까요."

"그래요? 그러면 어쩔 수 없죠. 기사화해야지."

노형진은 기자에게 눈짓했고, 기자는 자리에서 일어나서 바로 밖으로 나가려 했다.

그 순간 밖에서 한 남자가 다급하게 들어왔다.

"자 자, 기자님. 뭔가 오해가 있었나 본데."

아무래도 밖에서 상황을 살피던 소속사의 사람이었나 보다.

그는 들어오자마자 바로 기자의 손에 하얀 봉투를 쥐여 줬다.

"아니, 저기, 오해는 푸시고 가시죠."

"오해는 경찰이 풀어 줄 겁니다. 그리고 여기 변호사님 계십니다만?"

그러자 능숙하다는 듯 노형진에게도 봉투를 건네려 하던 남자는 노형진의 얼굴을 보고는 그대로 얼어붙었다.

"노……형진 변호사님?"

"절 아십니까?"

"그…… 엔터테인먼트조합의 고문 변호사님이시잖습니까?"

"아시는군요."

그 말에 남자의 얼굴이 사색이 되었다.

"그러면 이런 봉투가 효과가 없다는 것도 아시겠네요."

"형, 저기 저분들 좀 어떻게 말려 봐."

"아, 미치겠네."

형이라고 부르는 걸 보니 일종의 매니저인 모양이었다.

"이거 새어 나가면……."

"입 좀 닥쳐, 이 새끼야. 뇌를 그렇게 청순하게 비워 두니까 실수를 하지."

아무래도 상당히 친한 모양이었다. 서슴없이 욕을 하는 걸 보니.

"저기 변호사님, 그리고 기자님. 저희가 아는 대로 말할 테니 그…… 어떻게 안 되겠습니까?"

"형? 미쳤어?"

"안 미쳤어. 너 살리면 이 수밖에 없어. 헛소리 좀 하지 말고 찌그러져 있어. 너 살리려고 이러는 거야, 이 새끼야."

거의 울상이 되어 가는 한강원. 그리고 곤란한 표정이 되는 매니저.

노형진은 잠깐 고민하다가 기자를 바라보았다. 그리고 기자는 고개를 끄덕거렸다.

그도 나중에 한강원이 말실수한 거라고 해 버리면 기사의 의미가 없어지기 때문에 그냥은 쓸 수 없으니까.

"오프더레코드를 원하시는 겁니까?"

"네. 그, 저희 쪽에서 새어 나갔다고 하면 안 됩니다, 사건 해결을 위한 정보를 원하신다면."

그 말에 노형진은 매니저를 바라보았다.

일반적인 매니저라면 이런 정도로 자신의 스타일을 잘 알지는 못하니까.

"단순 매니저는 아니신가 보네요."

"아…… 그…… 창피하지만 그래도 나름 상무 직함은 가지고 있습니다."

그제야 허둥지둥 자기 명함을 꺼내서 건네는 남자. 거기에는 안임수라고 적혀 있었다.

'아, 그러면 확실히 알지도 모르겠네.'

특히 얼마 전에 엔터테인먼트조합과 연예인관리협회 간에 싸움이 있었으니 고위층은 알 가능성이 높다.

"오프더레코드…… 지켜 주시는 거죠?"

"그런 걸로는 거짓말하지 않습니다."

"형? 진짜로 미친 거야?"

"내가 그러니까 술만 처먹지 말고 사람 대하는 법 좀 배우라고 했잖아. 아오, 웬수야."

그렇게 툴툴거리면서 안임수는 한강원의 옆에 앉았다.

"그…… 죄송한데 녹음기도 좀……."

"그러죠."

"죄송한데 각서 하나 써 주시면……."

'이 사람 일 잘하네.'

하긴, 이 양아치 바닥에서 상무까지 올라오려면 어지간히 일을 잘해서는 힘들 거다.

"써 드리겠습니다."

녹음기도 끄고 혹시 모를 각서까지 쓰고 나서야 안임수는 한숨을 푹 쉬며 말했다.

"일단 권소인 그 새끼가 그날 술 처먹은 건 맞습니다."

"형…… 그거 말하면……."

"걱정하지 마. 이분 약속 어기는 분 아니야. 새어 나가도 최소한 우리 쪽에서 터트릴 분은 아니야. 다른 곳에서 증거를 구하셨으면 구했지. 그렇죠?"

"절 잘 아시네요."

"이 바닥에서 일하려면 변호사님에 대해 모르면 큰일 나니까요."

한숨을 쉰 안임수는 말했다.

"저에 대해 잘 아시는데, 그럼에도 불구하고 조심해야 할 정도로 권소인이 위험한 겁니까?"

"잘못 건드리면 이 바닥에서 퇴출됩니다. 연예인이 아니라 소속사가 통째로요."

노형진은 눈을 찡그렸다.

"그 정도로 권소인의 힘이 셉니까?"

"솔직히 말해서 권소인 노잼이잖아요."

"그렇죠."

"그래도 방송에 계속 나오잖습니까? 그럼 딱 각 나오는 거죠."

"아아~."

재미도 없고 감동도 없다.

방송에 나와서 보이는 대부분의 모습은 성공한 사업가의 이미지로 잘난 척하는 모습이라 팬들 사이에서도 그다지 큰 호응을 받지 못한다.

"좋아하는 사람들도 있지만."

대부분의 사람들은 공감도 가지 않는 돈으로 플렉스 하는 삶에 관심을 가지지 않는다.

실제로 그걸 주력으로 밀었던 방송 프로그램의 시청률이

폭망하기도 했고 말이다.

"그리고 그 권소인이 하는 술집들이, 그…….”

"그건 알고 있습니다. 어느 쪽에서 자금이 들어왔는지는 이미 들었습니다."

그 말에 안임수가 고개를 끄덕거렸다.

"그러면 말하기가 더 편하겠네요. 눈 밖에 나면 진짜로 이 바닥에서 못 버텨요."

"그런 것치고는 상당히 친한 모양이시던데요?"

이그젝트 멤버들과 같이 술도 마시고 같이 즐길 정도라면 친하지 않다는 게 말이 안 된다.

더군다나 상황을 봐서는 접대하거나 하는 분위기도 아니었으니까.

"그게…… 사실 좀 사연이 좀…….”

"무슨 사연입니까?"

잠깐 고민하던 안임수는 결심한 듯 입을 열었다.

"솔직히 말씀드리죠. 이그젝트랑 권소인은 그다지 친하지 않아요."

"네? 아니, 같이 술을 마시는 사이면서 친하지 않다고요?"

"강원이 벌벌 떠는 거 보셨잖아요. 이 새끼가 뇌가 텅텅 비어 있어서 그렇지, 또 나쁜 놈은 아니거든요."

"아, 씨. 왜 그 이야기를 또 해?"

"내가 너 사기당할 뻔한 걸 몇 번이나 막았는지 꼭 이야기해 줘야 하겠니?"

그 말에 한강원은 불만스러운 얼굴로 입을 삐쭉거렸다.

"그런데 왜 어울리는 겁니까?"

"그쪽 요구입니다. 요즘 주변에 사람이 없으니까요."

"사람이 없다고요?"

"권소인이 어느 그룹 출신인지 아세요?"

"파이브 가이즈였잖습니까?"

"네. 그런데 파이브 가이즈가 최근에 모인 게 언제인지 아세요?"

노형진은 그 말에 잠깐 고민하다가 고개를 흔들었다.

생각해 보니 최근에 모인 적이 없었던 것이다.

"애초에 파이브 가이즈는 해체한 그룹 아닙니까?"

"그렇다고 해서 모이지 말라는 법은 없죠."

성공한 그룹이고, 비록 그룹으로서의 수명이 다해서 해체했다지만 그게 멤버들끼리 모이지도 말라는 뜻은 아니다.

실제로 파이즈 가이즈의 멤버들은 모두 자리를 잡아서 잘 나가고 있으니까.

"그런데 방송에는 같이 안 나오죠. 왜 그런 것 같습니까?"

정확하게는, 다른 사람들은 함께 나오기도 하는데 권소인만 그들과 같이 나오지 않는다.

"설마 손절 당한 건가요?"

기자가 눈치 빠르게 알아채고는 물었다.

그 말에 안임수가 고개를 끄덕거렸다.

"네, 맞아요."

권소인은 그룹 내에서도 문제를 많이 야기했기에 사실상 파이브 가이즈의 해체에 가장 큰 영향을 줬다고 봐도, 아니 거의 절대적인 영향을 줬다고 봐도 무방하다고 했다.

"그 새끼가 다른 멤버 여자 친구를 건드렸거든요."

"와, 미친?"

"그것도 사랑해서가 아니에요."

그냥 발정 나서 건드렸고, 그 사건으로 파이브 가이즈는 박살 났다.

공식적으로는 서로 간의 음악적 견해 대립으로 인해 깨졌다고 했지만 정작 권소인은 음악에 대해 쥐뿔도 모른다고.

"그 후로 멤버들 사이에서 사람 취급도 못 받아요."

심지어 그냥 사귀는 사이도 아니고 결혼까지 이야기가 나올 정도였던 여자를 꼬셔서 건드렸으니 아무리 같은 멤버라고 해도 사람으로는 보이지 않는 게 당연한 일.

물론 그 사건이 일어난 시점이 다들 개인 활동에 집중하던 시기라 그다지 이슈화되지 않고 끝났다지만, 어찌 되었건 그 사건으로 파이브 가이즈는 그대로 해체되었다고.

"그런 일이 있었습니까?"

"네."

안임수는 긴 한숨을 내쉬며 말했다.

"그게 문제입니다."

그 또래에 어울리려고 하는 사람들이 없다는 것.

여자들 사이에서는 그 사건으로 소문이 돌아서 절대로 접근해서는 안 되는 놈으로 취급받고, 남자들 사이에서도 사람 취급을 못 받는 상황.

"그리고 이미 들으셨다고 하니 편하겠네요."

데뷔에 실패하거나 성공하지 못한 걸 그룹 애들을 룸살롱으로 끌고 가는 것도 소문나 있으니 그가 여자 연예인에게, 그것도 신인에게 접근하는 것은 해당 소속사에는 말 그대로 비상사태라는 거다.

단순히 술집으로 끌고 가기 위해 꼬시는 게 아니라 어떻게 해서든 그룹을 망하게 해서 룸살롱으로 끌고 가기 위해 방송 출연 금지 같은 걸 알음알음 걸어 버리면 위에서 그 부탁을 들어주기 때문이다.

"그 정도라고요?"

그렇잖아도 얼마 전 연예인관리협회와 관련해서 대판 싸운 적이 있는 노형진으로서는 기가 막혀서 말도 나오지 않을 정도였다.

"연예인관리협회는 협회라는 타이틀이라도 있죠. 그 새끼한테 투자한 놈이 얼마나 많은지……."

'아무래도 상상 이상인 모양인데?'

아무리 대박 난 그룹이 아니라 신인이라 해도, 한 그룹의 미래를 막기 위해 그 정도 힘을 발휘하는 건 생각보다 힘든 일이다.

그때 그 말을 듣고 있던 기자가 뭔가 생각난 듯 말했다.

"어, 그러고 보니 조금 이해가 가는 게 있군요."

"뭔데요?"

아무래도 기자가 자신보다는 방송계에 대해 잘 알 것이라 생각하며, 노형진은 그에게 질문을 던졌다.

"방송에서 성공한 사업가라고 막 설레발치면서 물고 빨아 주기는 하는데 정작 또래나 같이 활동했던 사람들이 나온 경우가 거의 없었어요."

정확하게는 같은 프로그램에 나오기는 하지만 같이 여행을 간다거나 우정을 나눈다거나 하는 식의 평범한 모습은 전혀 없이 그저 성공한 이미지만 줄창 소비되어 왔다는 것.

"그런데 요즘 방송 트렌드가 그게 아니니까요."

그런 방송이 지겨워지면서 좀 더 사람 냄새 나는 방송을 사람들은 좋아하고 있고, 그걸 하기 위해서는 다른 또래가 필요했다.

"파이브 가이즈는 같이 나올 리가 없죠."

헤어질 때 주먹다짐까지 했다고 하니 당연한 일.

"그래서 그 당시에 활동했던 이그젝트를 엮은 겁니까?"

"네."

이그젝트야 2세대 아이돌 중에서도 파이브 가이즈만큼이

나 유명하고 서로 끈끈하기로 소문난 그룹이고 실제로 아직
도 그룹이 유지되고 있는 데다가 딱히 문제가 없는, 그래서
지금까지 단 한 명도 경찰서를 찾아간 적이 없는 나름 이미
지 좋은 그룹이니까.

"그걸 위해 그날 불렀다 이거군요."

"네, 그랬습니다."

그 말에 옆에서 듣고 있던 한강원이 입을 삐쭉거렸다.

"누가 그런 데서 불편하게 양주 먹고 싶대요?"

'하긴.'

말술이라고 불리는 사람들은 양주보다는 소주를 더 좋아
한다.

돈이 있고 없고의 문제가 아니라, 애초에 그런 클럽의 목
적은 술이 아니라 여자 끼고 노는 것이기 때문이다.

특히 가수라고 하면 연예인이니 여자 끼고 놀기도 훨씬 쉽다.

'하지만 술이 목적인 사람한테는 그게 귀찮은 일이지.'

하물며 이그젝트는 멤버 다섯 명 중에서 네 명이 유부남.
클럽에서 여자 끼고 술을 마실 이유가 없다.

"그래서 그날 찾아간 겁니다. 방송에서 친한 척하려면 그
래도 안면이라도 터야 하니까요."

"안면도 없었어요?"

"안면이야 있었죠. 하지만 그 소문이 파다하게 났는데."

당연히 그 사건 이후로 아예 서로 연 끊고 지냈다고.

"왜 그런 겁니까? 이해가 되지 않는군요."

이그젝트는 각자 개인 활동을 하는 사람들이고, 방송에 나가고 싶어서 벌벌벌 기어야 하는 신인도 아니다.

벌 만큼 벌었고 각자 자리를 잘 잡은, 어떻게 보면 2세대 가수들 중에서는 가장 안정적으로 자리를 잡은 이들이었다.

그런데 굳이 그렇게 눈치를 봐야 한다니.

"저희가 이번에 데뷔한 가수가 있습니다. 신인인데……."

"아아~."

요즘 같은 시대에 신인이 데뷔하는 건 지독하게 힘든 일이다.

방송을 잡는 거? 쉬운 게 아니다.

그렇잖아도 적지 않은 아이돌이 데뷔하는데, 코델09바이러스로 완전히 멈춰 있었던 연예계가 이제 막 움직이기 시작하며 지난 2년간 코델09로 인해 활동 못 한 연예인들이 미친 듯이 활동을 시작할 시기.

얼마 전에 데뷔 3년 차 가수가 처음으로 관중 앞에서 노래를 불러 봤다고 말할 정도로 코델09바이러스의 그림자는 깊었다.

"한자리 준다고 하더군요, 고정으로."

"끄응, 나도 진짜 좋은 의미에서 그런 겁니다, 진짜."

방송에 나가 잠깐 친한 척하면 후배들에게 기회가 간다.

그래서 이그젝트는 그날 그냥 모른 척하고 만나 그간 쌓인 이야기를 나눴다고 한다.

그래야 방송에서 친한 척이라도 할 수 있을 테니까.

"그런데 그날 그렇게 돌아가면서 사고 칠 줄은 몰랐어요."

"그러면 음주 운전은 할 줄 알았던 거네요."

"아니, 그건 진짜로 당연히 몰랐죠."

그들은 술을 마시고 매니저를 부르는 게 당연한 연예인들이다.

그리고 주변에 호텔이 넘치기도 하니 걱정할 필요가 없었던 것이다.

"애초에 친해지고 싶다고 친해질 만한 새끼도 아니고."

그렇다 보니 간다고 했을 때 대충 잘 가라고 손 흔들고 신경 꺼 버렸던 것.

"개새끼. 뒈지려면 지가 뒈지든가."

"야!"

한강원의 거친 말에 안임수는 식겁했다.

"아니, 그렇잖아. 어차피 오프더레코드라며?"

"넌 그러니까 생각 좀 하고 말하라니까. 그러다가 이 사달을 만들고는 또……!"

"알았어. 알았다고."

"에휴."

한숨을 쉬면서 걱정스럽게 노형진을 바라보는 안임수.

노형진은 그의 시선에 고개를 끄덕거렸다.

"약속은 지킵니다. 제가 더 알아야 할 게 있습니까? 아, 혹시 그놈, 마약도 하던가요?"

"할 겁니다. 안 할 놈이 아니거든요."

다만 마약으로 엮는 건 절대로 쉬운 일이 아니라고 했다.

"그 새끼가 엔터 업계에서 마약 딜러로 워낙 날리고 있어
서요. 아니, 엔터 업계뿐만이 아닙니다."

부자들과도 어울리면서 마약 딜러 노릇을 하고 있는 판국
이라 명확한 증거 없이는 검사는커녕 경찰이 물어보지도 못
한다고.

"아마 검사한다고 하면 그날 바로 일본으로 튈 겁니다. 몇
번 해 봤으니까요."

그러고는 머리카락은 물론 온몸의 털이란 털은 죄다 빡빡
밀어 버리고 투석으로 마약 성분을 싹 다 비우고 와서 검사
받을 거라고.

"흠…… 그러면 엔터 업계에서 그놈에 대한 대우는 애매하
겠군요."

"실무진은 치를 떨지만 높은 분들은 아주 물고 빨고 장난
아닙니다. 자기 입으로 그…….'

말을 하던 안임수는 순간 말을 아꼈다. 그러자 노형진이
빙긋 웃었다.

"자칭 밤의 노형진이라고 한다면서요?"

"끄응…… 다 알고 오셨군요."

"네. 그러면 달리 엮을 만한 게 더는 없겠습니까?"

"현실적으로는 없겠습니다만…….”

안임수는 약간 고민하는 눈치였다.

'뭔가 있군.'

하긴, 안임수는 능력이 좋은 사람이다.

폭탄을 피하기 위해서라도 폭탄을 알아보려고 노력하는 사람이다.

당장 노형진이 유명하다고 해도, 얼굴만으로 바로 알아보고 대비책까지 세우는 사람은 없다.

아니나 다를까, 노형진이 침묵을 지키고 있자 안임수는 조심스럽게 입을 열었다.

"다른 쪽으로는 그…… 가능할지도 모릅니다.”

"다른 연예인 말입니까?”

그 말에 안임수는 고개를 흔들었다.

"아니요. 그게 아니라, 그, 다른 쪽에도 마약을 뿌리고 있다는 소문이 있습니다. 연예인들은 못 건드릴 겁니다.”

아무래도 소속사에서 필사적으로 실드를 칠 테니까.

"그러면 어디를 말씀하시는 겁니까?”

"작가입니다.”

"작가요?”

노형진은 귀를 의심했다.

"엔터 업계에서 작가의 비중은 절대적입니다. 그저 존재만 해서 무시하지만, 눈치 빠른 매니저들은 작가들에게도 로비를 제법 하죠. 그리고 작가들은 그…… 대부분 여자이기도 하고."

무슨 뜻인지 알 거라는 듯 잠깐 침묵을 지킨 안임수는 목소리를 더 낮추며 말했다.

"작가 쪽에 마약을 뿌린다는 이야기가 있습니다. 한번 알아보시는 걸 추천드립니다."

그 말에 노형진의 얼굴이 굳어졌다.

⚖

"작가라……."

"하긴, 생각해 보지도 못한 영역이기는 하지만 일리가 없는 말은 아니에요."

고연미 변호사는 노형진의 질문에 고개를 끄덕거리며 자신이 아는 걸 알려 줬다.

"작가라고 무시하는 연예인이나 매니저도 많지만, 사실 작가 파워는 절대 무시 못 하거든요."

"드라마판은 작가 놀음이라고 하는 건 들었죠."

"아, 그건 맞아요. 하지만 예능 쪽도 무시 못 해요."

예능이 리얼 버라이어티로 넘어가면서 확실히 작가의 비중이 줄어들기는 했다.

하지만 그것과 별개로, 작가는 출연 연예인들에 대한 추천권이 있다.

"물론 결정권이 있는 건 PD지만요."

하지만 PD가 모든 연예인을 다 아는 것도, 모든 트렌드를 다 알고 있는 것도 아니다. 그래서 작가가 트렌드를 읽고 대략적인 상황을 가져오곤 한다.

"결정은 PD가 하지만 추천은 작가가 한다라……."

"네."

즉, 작가라는 1차 커트라인조차 넘지 못하는 사람들은 아예 방송에서 데뷔조차 못 한다는 거다.

"문제는 이게 생각보다 크다는 거예요. 방송 작가는 파리 목숨이니까."

"이해는 갑니다."

드라마판은 작가 놀음이라고 이야기하지만 반대로 예능판은 작가 목숨이 파리 목숨이다.

특히나 예능의 대세가 리얼리티로 넘어가고 나서부터 그러한 성향은 더욱 커졌다.

대사를 쓸 필요도 없이, 작가가 상황만 잡아 주면 출연자들이 알아서 하는 분위기니까.

"그런데 예능이 망했다. 그러면 진짜 다음 작품에서 고용될지 모르는 일이거든요."

"스트레스가 심하겠군요."

"파리 목숨이니까요. 작가라고 쉬운 건 아니에요."

"잘 아시네요."

"그 바닥 출신이니까요. 그리고 아무리 인터넷이 여론에 강해졌다고 해도 방송계 쪽 파워는 무시 못 해요."

정확하게는, 감옥에는 보낼 수 있다.

하지만 감옥에'만' 보낼 수 있다. 그것도 아주 짧은 시간만.

사람들이 생각하는 시원한 복수 따위는 없을 거다.

"일단 하나씩 끊어 내면서 시작하죠. 마약부터 시작합시다. 마약을 작가들에게 공급할 가능성이 높다고 하셨죠?"

"네, 무시 못 해요. 자기들 딴에는 똑똑하다고 생각하는 작가들도 많거든요."

"똑똑하다라……."

"그런 거 있잖아요. 대출 창구 직원 중 멍청한 놈들은 자기가 은행이 된 줄 알잖아요."

"하긴, 그런 사람들이 있죠."

대출은 은행의 주요 업무이고, 그 업무를 하는 게 대출 창구의 직원이다.

그렇다 보니 대출이 급한 사람들은 굽실거리면서 기는 수밖에 없다.

문제는 그게 자신에게 잘 보이려는 거라고 착각하는 경우가 많다는 거다.

"아무래도 톱클래스가 아니면 굽실거릴 수밖에 없죠."

고연미는 자신의 아이돌 시절 기억을 더듬으며 말했다.

"더군다나 그렇게 굽실거리는 건 아이돌이나 연예인이 아니라 사실 매니저니까요."

"무슨 소리인지 알겠네요."

매니저들이야 굽실거리는 게 직업이다 보니 작가에게 굽실거리고, 연예인도 촬영 현장에서 작가와 좋은 관계를 유지하려고 노력한다.

그래야 나중에 다시 한번 자리를 잡을 가능성이 크기 때문이다.

"솔직히 게스트 자리도 구하기 힘드니까."

고정 자리는 진짜 부족하고, 심지어 게스트 자리도 속칭 B급이라고 불리는 연예인들은 언감생심 말도 꺼내기 힘든 게 사실이다.

그렇다 보니 그들 입장에서는 작가의 눈치를 볼 수밖에 없었다.

"그래서 뭐랄까, 연예인들과 맞먹는다고 생각하는 사람들이 진짜로 있어요."

"그게 아닙니까?"

"아니죠. 비즈니스 관계예요, 비즈니스."

고개를 흔들면서 단호하게 선을 긋는 고연미.

"물론 좋은 관계를 유지하면 기회를 가지는 데 유리할지 모르지만 작가는 파리 목숨이거든요."

진짜 톱클래스가 방송에 나와서 '나 쟤랑 일 안 해.'라고 말하면 그 즉시 작가는 해고되는 거다.

"드라마 작가들도 그런데요, 뭘."

"아, 소문은 들었습니다."

드라마 작가들은 절대 갑인 경우가 대부분이지만, 출연하는 배우가 소위 S급 배우인 경우 그를 위해 대본을 고쳐 주는 건 당연하고 심지어 그가 내놓는 의견에 맞춰서 대본을 수정하기도 한다.

"방송 바닥은 인기가 전부니까요. 예능도 마찬가지고요."

예능판에서 프로그램이 대박이 났다? 그러면 그 작가에게도 파워가 생기고, 반대로 예능이 폭망해서 언제 모가지가 날아갈지 모른다? 그러면 출연진을 B급도 아닌 C급에서 찾아야 하는 상황이 생긴다.

"문제는 그런 철모르는 작가들이죠."

대부분의 작가들은 비즈니스 관계임을 알기에 선을 넘지 않는다.

하지만 세상에는 철모르는 놈들이 넘쳐 나는 법이다.

"배우 중에도 그런 놈들이 있는데 방송계라고 별반 다르지는 않죠."

"하긴."

실제로 배우나 가수 중에 자기 인기에 취해서 갑질을 일삼다가 퇴출되는 사람도 있다.

"그런 애들은 연예인이 어울려 주면서 마약을 좀 권하면

넙죽 받아먹을걸요."

권소인은 그 마약을 무기 삼아 방송 출연권을 휘두를 수 있게 되고 말이다.

마약의 가격은 파리 목숨인 예능 작가 월급으로 감당할 수 있는 수준이 아니니까.

"그리고 분명히 그…… 이게, 이런 말 하긴 그렇지만."

"마약의 효과에 관해 말씀하시는 거군요."

"네, 때때로 마약에 취해 제정신이 아닌 상태에서 내놓는 아이디어가 기똥차기도 하거든요."

인간은 스트레스가 심하면 아이디어가 나오지 않는다. 심리적 압박감 때문이다.

하지만 마약에 취하면 제정신이 아닌 상태에서 판단하기에 별의별 계획을 다 세울 수 있는데, 그중에는 일반적으로 생각해 내기 어려운 아이디어도 있다.

"그래요?"

"네. 제가 한 건 아니고, 그 마약 때문에 한번 나락 갔던 선배가 한 말이에요."

그는 싱어송라이터, 즉 직접 작사 작곡을 하던 가수였는데, 슬럼프가 오자 누군가의 말에 혹해서 마약을 했다고.

"최고 커리어를 찍음과 동시에 나락 갔지만."

분명 효과는 있었지만 동시에 그게 터지면서 방송계에서 퇴출. 복귀하기까지 무려 10년이나 걸렸다고.

그나마 옛날이었으니까 복귀했지, 요즘 같으면 10년이 아니라 100년이 걸려도 복귀는 힘들 거다.

"그 선배가 그러더라고요. 멍청한 짓을 한 거라고. 순간의 고통을 잊자고 마약 해 봐야 커리어만 작살난다고. 그렇게 힘들면 차라리 그냥 방송이고 뭐고 다 때려치우고 해외를 한 1년쯤 도는 게 훨씬 낫다고."

"그건 그렇죠."

마약으로 악명 떨치면서 잊히는 것보다 1년 쉬는 게 훨씬 나을 거다.

"작가들도 마찬가지이지 싶어요."

"그러면 작가들을 조사하는 것도 한 방법이기는 하군요."

"네, 일단 그쪽으로 파고들면 주변에서 방해하지는 않을 거예요."

방송계의 더러운 쪽에서 작가들에게 관심을 가질 이유가 없으니까.

"하지만 그렇다고 해도 권소인을 직접 노리는 건 불가능할걸요."

일단 마약으로 엮는 데 성공한다 해도, 일반적으로 마약을 하는 사람은 나중에라도 다시 마약 하고 싶다는 생각에 공급책에 대해 절대로 떠벌리지 않는다.

같이 마약을 하는 마약쟁이들을 제보했으면 제보했지 마약 공급책을 넘기는 경우는 드물다.

"거기다가 권소인 같은 놈이라면 직접 공급하진 않았을 거예요."

처음에는 제공했을지도 모른다. 즉, 유혹 자체는 했을지도 모른다.

하지만 그 후에 마약 공급은 다른 놈을 통해 했을 거다.

처음에 유혹한 게 권소인이라고 말할 수야 있겠지만 그걸 덮어 버리는 건 일도 아닐뿐더러 마약을 공급했다는 증거도 없을 거다.

"뭐, 일단은 거기에서부터 시작하죠. 중요한 건 그놈이 움직이지 못하게 하는 거니까."

자신이 추적당한다는 사실을 깨달으면 범인은 움츠러들 수밖에 없다.

권소인이 극단적인 범죄자라서 여차하면 증인을 싹 다 죽이는 부류도 아니고, 다른 선택지가 없으니까.

"그러니까 일단 방송계에서 그놈을 퇴출시키는 방향으로 가죠."

"하지만 작가가 한두 명이 아닌데요?"

"그렇지만 접촉할 곳은 뻔하죠. 지금 권소인이 가장 많이 출연하는 곳이 어디죠?"

"지금 가장 출연이 많은 곳이…… 아, 〈화려하게 산다〉예요."

〈화려하게 산다〉는 성공한 연예인들의 삶을 보여 주는 예능이다.

물론 공식적인 목적은 연예인의 삶을 날것 그대로 보여 주는 것이라지만, 언제나 그렇듯이 지금은 연예인들이 얼마나 화려하게 성공해서 화려하게 사는지를 보여 주는 프로그램으로 변질되었다.

"거기에서 매일같이 나오죠, 고정으로."

"그렇죠."

그리고 보여 주는 게 성공한 사업가로서의 권소인이다.

"제가 범죄자라면 말입니다, 자신이 컨트롤해야 할 필요성이 높은 곳에서부터 시작할 겁니다."

"그렇겠네요."

〈화려하게 산다〉는 권소인이 사업가로서 성공했다는 걸 어필하기 위해 필수적인 존재다. 그런 만큼 마약을 가장 먼저 뿌렸을 거다.

그리고 매주 촬영하는 만큼 작가들에게 접근하기도 쉬울 테고.

"하지만 검사를 하지 않을 텐데요?"

"사건은 진실만을 전하면 되는 겁니다."

노형진은 빙긋 웃으며 말했다.

"검사하기 싫다고 하면 하지 말라고 하세요."

그렇게 말하며 노형진은 어깨를 으쓱했다.

"그래도 되니까."

카운터 공격

　〈화려하게 산다〉 제작진에 오광훈이 찾아온 것은 한창 회의 중인 시점이었다.

　"서울중앙검찰청의 오광훈 검사입니다."

　명함을 건넨 오광훈은 단도직입적으로 자신이 찾아온 이유를 댔다.

　"방금 제보가 들어왔습니다, 이 안에서 누군가 마약을 하고 있다는."

　"마약? 잠깐, 마약요?"

　〈화려하게 산다〉의 PD인 임나은은 기겁했다.

　이 프로그램을 잡기 위해 얼마나 노력을 했던가? 그런데 마약이라니?

"출연진이 마약을 한다는 건가요? 확실해요? 제보가 잘못된 게 아니고요?"

임나은의 목소리는 떨리고 있었다.

그도 그럴 게, 그렇잖아도 최근 〈화려하게 산다〉가 노잼이라는 얘기가 돌면서 시청률이 바닥을 향해 돌진하고 있기 때문이다.

만일 여기서 마약까지 터진다면 자신의 목이 날아갈 수도 있는 상황.

그런데 그런 그녀의 걱정을 오광훈이 덜어 줬다.

"아, 오해하셨군요. 출연진이 마약을 한다는 게 아닙니다."

"그러면요?"

"출연진이 아니라 촬영진 중 누구라고 하더군요."

"촬영팀 중에…… 한 명이라고요?"

"네."

촬영팀은 한두 명이 아니다.

카메라 감독, 조명 감독, 섭외 작가 등등.

〈화려하게 산다〉의 경우는 각 연예인들을 각자 조명하는 부분도 있기에 촬영팀만 족히 쉰 명이 넘는다.

"그 부분에 대해 정식으로 조사해야 합니다만."

오광훈이 머리를 긁적거리며 말했다.

"영장 없으면 조사 못 하는 거 아시죠?"

"어…… 그건 그렇죠."

오광훈은 굳이 영장도 없이 조사하겠다고 윽박지를 이유가 없었다.

"하지만 제보가 저희한테만 온 게 아니라서요."

"무슨 말씀이세요? 검찰에만 온 게 아니라니."

"다른 언론사에도 제보한다고 되어 있더라고요. 익명이기는 하지만요."

그 말에 임나은은 숨이 턱 막혔다.

그렇게 되면 상황이 곤란해지기 때문이다.

"아니, 왜……."

"아시지 않습니까?"

검찰 선에서 사건을 덮는 게 한두 번이 아니다.

특히 마약 사건 같은 경우는 주머니만 잘 채워 주면 슬쩍 넘겨주기 쉬운 사건 중 하나다. 피해자가 없으니까.

"그렇다 보니 아예 작심하고 찌른 것 같더군요. 일단 제가 온 것도 영장 청구 전에 사전 청취를 하기 위해서입니다."

촬영팀이 쉰 명인데 그들 모두에 대해 영장 청구할 수는 없으니까.

"일단 사전 청취 후에 의심스러운 분에 대해 영장을 청구할 예정입니다."

"저희가 싫다고 하면요?"

"그러시면 일단 저희에게는 방법이 없습니다만."

하지만 과연 언론에서도 방법이 없을까?

아마 언론에서는 신나게 뜯어먹을 거다.

그렇잖아도 엔터테인먼트 업계에서 마약은 언제나 조회 수를 빨아먹는 주제다.

연예인이 해도 그 자체로도 이슈가 되는 일인데 촬영팀이 마약을 했다는 소문이 돈다? 그걸 놔둘 리가 없다.

"그리고 제 입장에서는 PD님을 주의하라고 할 수밖에 없고요."

"지금 협박하는 거예요?"

"아니요. 협박이라니요. 현실적으로 말씀드리는 겁니다. 언론에서 제작팀이라고 보도하면 그 화살이 어디로 가겠습니까?"

그 말에 임나은은 방송계 소속답게 눈치 빠르게 상황을 알아차렸다.

그녀의 입에서 저절로 욕이 튀어나왔다.

"이런 썅! 아, 미안해요."

"아닙니다. 저 같아도 욕할 겁니다. 남 때문에 하차당할 상황이라면 저 같아도 욕 나오죠."

촬영팀이 마약에 중독되었다. 그런데 그 촬영팀 중에 외부에 드러난 사람은 사실상 PD 한 명뿐이다.

물론 몇몇 작가들이나 소수의 사람들이 드러나 있을 수야 있겠지만, 현실적으로 보면 기자들이 관심을 가지는 대상은 PD일 수밖에 없다.

매일같이 마약 문제로 PD를 괴롭힐 테고, 그게 누군지 캐물을 거다.

그런 상황에서 과연 촬영이 제대로 될까?

'그러면…… 난 잘리잖아. 썅.'

그게 문제다.

PD가 마약을 하든 말든 그건 상관없다. 그러나 방송국 입장에서는 프로그램을 보호하기 위해서라도 〈화려하게 산다〉에서 PD를 하차시킬 수밖에 없다.

자신이 이 프로그램을 잡기 위해 얼마나 노력했던가.

이제야 메인 PD로 활동하나 싶었는데 프로그램을 잡은 지 얼마나 되었다고 이런 난리가 난단 말인가.

"일단 사전 청취를 하기 위해 일정을 짜야 해서 연락처를 받으러 왔습니다."

규정상 사전 청취도 어지간하면 검찰청에 가야 하니 어쩔 수 없는 노릇.

사전 청취는 취조가 아닌 협조이기 때문에 상대방의 동의를 얻어야 하니까.

"연락처를 정리해서 여기로 보내 주시면……."

그렇게 오광훈은 너무나 당연한 말을 남기고 떠나갔다.

그가 간 후에 임나은은 목소리가 높아졌다.

"도대체 누구야!"

"모르죠."

"미치겠네. 야, 박 작가!"

"네? 아, 네?"

"다 연락 돌려. 싹 다 마약 검사해서 결과지 들고 오라고 해!"

"네? 몽땅 말입니까?"

박 작가라고 불린 여자가 깜짝 놀라서 물었다.

"그래, 몽땅! 카메라팀이고 외주고 뭐고 예외 없어! 무조건 다 검사해 오라고 해."

"하지만 반발이 심할 텐데요."

"우리랑 일하기 싫으면 하지 않으면 되는 거 아니야?"

여기서 우리란 〈화려하게 산다〉 팀이 아니라 방송국 전체를 의미한다.

마약 사건에 관련이 있을 사람들을 방송국에서 쓸 리가 없으니까.

마약을 하는 사람이 누구인지 밝혀지는 순간 방송국 전체가 그들을 퇴출시키려 할 거다.

"아니, 그게 좀 인권침해 요소가 있는데요."

박 작가는 애써 인권 운운하면서 임나은을 진정시키려고 했다.

하지만 임나은은 단호했다.

"인권 같은 소리 하고 있네. 인권 찾으려면 여기 말고 인권위를 찾아가라고 해! 누구는 인권 찾아 가면서 일하는 줄 아나?"

그 말대로 방송계는 다른 업종에 비해 환경이 열악하다.

주 52시간 근무 예외 대상이다. 하루 8시간 촬영으로는 커버할 수 없으니까.

24시간 촬영도 흔할뿐더러, PD의 경우는 다들 퇴근한 후에 촬영본을 붙잡고 편집도 해야 한다.

당연히 이 업계에서 인권 찾아 가며 일하다가는 근무 자체를 못 한다.

"네? 하지만 그러면…….."

"야! 박 작가! 시키면 시키는 대로 해! 마약 검사를 하든가, 아니면 우리랑 일하지를 말든가!"

임나은은 짜증을 내면서 목소리를 높였다.

"네, 알겠습니다."

박 작가는 잔뜩 떨리는 목소리로 답했다.

⚖️

마약 검사는 어려운 게 아니다. 병원에 가서 돈 내면 다 해준다.

당연히 대부분의 사람들은 짜증을 내면서도 검사를 했다.

귀찮은 것뿐이지 이해 못 할 일은 아니니까.

방송계에 몸담은 사람들이니 마약이 얼마나 큰 피해를 주는지 아니까.

그랬기에 귀찮다는 말을 하면서 툴툴거릴지언정 거부는 결코 하지 않았다.

　　"여기 있습니다."

　　박 작가는 결과지를 건네주면서 말했다.

　　그걸 받은 임나은은 정리해서 보다가 말했다.

　　"아무도 없잖아."

　　"그렇다고 말씀드렸잖아요. 솔직히 누가 이상한 이의신청 하는 게 하루 이틀 아니고."

　　"끙. 하긴, 프로 불편러들이 한둘도 아니고."

　　결과서를 받아서 넘기던 임나은은 그렇게 한 번 다 돌린 후에 갑자기 묘한 표정이 되었다.

　　"박 작가."

　　"네, PD님."

　　"그런데 네 건 없다?"

　　"네?"

　　"내가 전부 가져오라고 했잖아."

　　"전 바빠서……."

　　"전부라고 했잖아. 무슨 뜻인지 몰라? 그러고 보니까 너만 빠진 게 아닌데? 작가 두 명 더 빠졌다? 이거 뭐야?"

　　임나은은 눈을 찡그렸다.

　　그러자 박 작가는 애써 목소리를 높였다.

　　"임 PD님, 저희 못 믿으세요?"

"어, 못 믿어."

임나은은 단호했다.

그러자 박 작가의 얼굴이 굳었다.

하지만 임나은은 물러서지 않았다.

"너 지금 나랑 맞먹으려고 드는 거야?"

"네? 아니, 그게 아니라⋯⋯."

"전부라고 했지?"

"그게⋯⋯."

"너랑 그 애들 없다고 해서 우리 방송이 빵꾸 날 것 같아?"

절대 아니다.

애초에 〈화려하게 산다〉의 경우는 상황만 던져 주면 출연자들이 다 알아서 하기 때문에 진짜 작가가 할 게 없는 프로그램 중 하나이니까.

"이게 좋게 좋게 말하니까 내 말이 우스워?"

임나은은 짜증이 팍 치밀어 올랐다.

그도 그럴 게, 여자라는 이유로 PD들 사이에서도 얼마나 무시당했던가?

물론 여자 PD들이 없는 건 아니다. 시대가 바뀌었으니까.

하지만 미묘하게 여자 PD들이 만든 방송이나 그들이 잡은 프로그램은 시청자 반응이 안 좋은 경우가 많았고, 그녀 역시 〈화려하게 산다〉를 잡은 후에 시청률 하락으로 자존심이 상하던 중이었다.

그런 상황에서 작가가 자기가 시킨 것도 하지 않으니 임나은은 화가 머리끝까지 치밀었다.

　　"아니, 그게 아니에요, PD님."

　　"아니긴 뭐가 아니야? 너희들 지금 내 말이 우스워? 진짜로? 어?"

　　"아니에요. 오해예요."

　　"오해는 무슨. 와, 진짜 고작 작가 따위한테 내가 무시받고 사네."

　　오랫동안 함께 일하기라도 했다면 모를까, 임나은이 여기에 온 지는 몇 달 되지 않았다. 그러니 개인적인 관계도 정립되지 않은 상황.

　　"너희, 당장 검사하고 와."

　　"그게……."

　　"싫어? 진짜 싫어? 허, 지금 나를 이렇게 무시하네? 아니면 뭐? 진짜 마약이라도 하는 거야?"

　　화가 나서 마구 떠들던 임나은은 순간 얼굴이 굳어졌다. 그러고는 아까보다 목소리를 높였다.

　　"너희들 마약 안 하는 거 맞아?"

　　그 말에 말을 못 하고 눈만 데굴데굴 굴리는 박 작가.

　　그런 박 작가를 보면서 임나은이 목소리를 높였다.

　　"내 질문이 질문 같지 않아! 마약 해, 안 해!"

　　그렇게 점점 분위기가 뒤숭숭해지자 다른 직원들도 뭔가

이상함을 느끼고 주변으로 모여들었다.

박 작가는 왠지 다급함을 느끼고 주변을 둘러보기 시작했다.

"야, 너 진짜 마약 안 해?"

최후통첩 같은 임나은의 질문.

박 작가는 대답 대신에 도망가려고 했다. 하지만 도망갈 수가 없었다.

"저년 잡아!"

채 세 걸음도 가기 전에 포위되었으니까.

유일한 출구인 문은 이미 다른 직원이 잽싸게 잠그고 막아 버리기까지 했다.

박 작가뿐만 아니라 다른 작가들 역시 곤혹스러움을 감추지 못하는 상황.

"그래서, 진짜로 마약을 하는 거야, 안 하는 거야?"

"당연히 안 하죠. 우리가 왜 마약 따위를 하겠어요?"

"그래? 그러면 오광훈 검사를 불러도 괜찮겠네."

임나은은 이를 악물었다.

자신이 어떻게 여기까지 올라왔는데 그걸 남의 구설수로 다 날릴 수는 없었다.

"PD님!"

"왜?"

"어떻게 그럴 수가 있어요!"

"어떻게 그럴 수가 있느냐고? 너희야말로 어떻게 이럴 수가 있어? 마약이라니? 허."

박 작가를 보면서 임나은은 입술을 깨물었다.

마약 검사가 어려운 것도 아니고, 잠깐 병원에 다녀오면 되는 일이다.

그런데 파리 목숨인 작가가 PD에게 삿대질까지 하면서 거부하니 생각나는 가능성은 하나뿐이었다.

"간단한 거 아냐? 검사해 봐. 그러면 되잖아? 아니면, 뭔가 검사 못 할 이유라도 있어?"

"……."

"적반하장도 유분수지."

임나은은 더 이상 기다리지 않았다. 바로 핸드폰을 들고는 오광훈 검사에게 전화했다.

"오 검사님, 저 임 PD예요. 네. 지금 여기 데려가실 사람이 있네요."

핸드폰을 귀에 댄 채로 박 작가를 무서운 눈빛으로 노려보는 임나은의 모습에 촬영장 안의 사람들은 얼굴이 사색이 될 뿐이었다.

⚖️

"확실히 마약에 취한 사람이 있기는 하더라고."

노형진의 말대로 마약에 취한 사람이 나왔다. 그것도 작가

중에서 말이다.

"방송국에서 전면적인 조사를 시작했어. 조만간 추가적인 중독자들이 나올 거야."

오광훈은 혀를 내둘렀다.

"그런데 어떻게 안 거야? 방송국에서 전수조사 할 거라는걸."

"다른 기업들보다 방송국이 마약에 겁나 예민하거든."

연예인에서부터 PD까지, 마약으로 훅 간 사람이 어디 한 두 명이던가?

그렇다 보니 방송국은 마약이라면 치를 떤다.

"더군다나 마약 사태가 터지면 진짜 직접적으로 타격 입는 게 방송국이니까."

다른 곳은 그나마 자기들이 찍은 광고에서 하차시키거나 하는 수준으로 끝낼 수 있지만 방송국의 경우는 출연자가 마약을 하다 걸리면 하차만으로 끝나지 않는다.

그나마 예능이라면 통편집이라도 시도해 보지, 마약을 한 놈이 드라마 배우다? 그러면 그 드라마는 통째로 날리는 거다.

실제로 모 방송국은 드라마 주연이 방송 바로 직전에 음주운전으로 사고를 내는 바람에 드라마가 상영도 못 하고 통째로 사장된 경우도 있었다.

"그런 상황이니 방송국 입장에서는 선택지가 그다지 없어."

마약을 막아야 하는 방송국 입장에선 마약을 하는 작가라는 존재는 믿을 수가 없는 일종의 암 같은 거다.

작가가 마약을 출연진에게 뿌려 버릴 가능성 역시 무시할 수 없으니까.

"물론 다른 기업이라면 그런 식으로 하기도 힘들겠지만."

정확하게는, 정규직들에게는 그런 요구를 하지 못한다. 노조에서 가만있을 리가 없으니까.

"하지만 작가들은 죄다 계약직이거든."

그것도 파리 목숨급.

그렇다 보니 인권을 위해 검사를 하지 않는다? 그런 선택지를 굳이 고를 이유가 없다.

조사하면 다 예방되는 걸 안 했다가 폭탄이라도 터지면 자기들이 독박을 쓰게 되기 때문이다.

"더군다나 작가들이 연예인들한테 마약을 권했다는 소문이라도 돌면 방송국 입장에서는 곤란해지니까."

그렇다 보니 방송국에서 의심스러운 작가들에 대한 전수조사가 시작된 것.

"일단 이쪽은 알겠고. 권소인은 어쩔 거야? 마약으로 조이기는 하겠지만, 권소인이 바로 엮이지는 않을 거라면서?"

"응, 그렇지."

애초에 권소인을 마약으로 엮는 건 그다지 의미 없는 일이다. 잡아넣어 봐야 1년 3개월쯤 있다가 나올 테니까.

"권소인을 확실하게 감옥에 넣으려면 음주 운전 교통사고와 엮어야지."

"그런데 왜 뜬금없이 마약?"

오광훈은 이해가 되지 않는다는 듯 물었다.

"권소인이 아니라 권소인이 파워를 자랑할 수 있도록 뒤를 봐주는 방송계 인간들을 커트하기 위해서야."

권소인을 방패 삼아 룸살롱이나 화류계에 투자한 놈들이 많다.

그리고 권소인은 그 짓거리를 하는 대가로, 성공한 연예인 이미지를 가지고 누구보다 활발한 연예인 활동을 하면서 살아가고 있다.

"그런데 이렇게 마약이 본격적으로 엮이기 시작하면 실드 치는 게 힘들어지니까."

"그건 그렇지. 그래도 음주 운전은 못 엮잖아. 마약으로 엮는 것도 현시점에서는 힘들고."

"아, 그 작가들이 입을 안 열어서 그러는 거야?"

"응."

"그럴 거라 생각했다."

노형진은 그다지 놀랍지도 않다는 얼굴이었다. 한두 번 당한 일이 아니니까.

"이제 다른 쪽으로 압박을 가해야지."

"어떻게?"

"그 녀석이 어떻게 돈을 벌었겠어?"

"그거야…… 하긴, 룸살롱 해서 돈 벌었지."

"그리고 룸살롱에 관해 가장 잘 아는 인간이 여기 있잖아?"

노형진은 오광훈을 툭툭 치면서 말했다.

그러나 오광훈은 노형진의 말이 도무지 이해가 되지 않는 얼굴이었다.

"어쩌라고?"

"룸살롱을 망하게 하는 가장 확실한 방법. 알잖아?"

"알겠냐?"

"모를 리가 없지, 천하의 오광훈이가."

"단속이나 좀 보내야지 별수 있나."

"어허, 단속 보내는 걸로는 안 된다는 걸 누구보다 잘 알 텐데?"

그 말에 오광훈은 떨떠름한 얼굴이 되었다. 그건 사실이니까.

단속을 보내 봐야 대부분 접대받고 돌아온다.

설사 정말로 단속을 한다 해도, 돈 되는 큰손님들은 모조리 빼돌리고 뜨내기라든가 자주 오지 않는 놈들을 희생양으로 삼아 대충 넘겨 경찰의 실적을 챙겨 준 뒤 추후 단속 정보를 넘겨받는 게 경찰 성매매 업소의 단속의 현실이다.

"아, 씨팔. 이거 양심에 영 걸리는데?"

"누가? 네가? 천하의 오광훈이가?"

한때 조폭이었던 놈이 양심이라니.

하지만 오광훈도 할 말은 있었다.

"야, 아무리 그래도 걔들도 먹고살 수는 있어야 할 거 아냐. 툭 까고 말해서 그게 박멸한다고 박멸될 수 있는 것도 아니고."

"알지."

실제로 수많은 경찰들이 성매매 업소를 박멸한다고 설레발치기도 했다.

특히 모 여자 경찰서장의 경우는 아예 문을 뜯고 들어가서 집기를 박살 내는 초강수를 둔 적도 있었다.

그래서 성매매 업소가 박멸되었느냐? 당연히 박멸되지 않았다. 여전히 수많은 성매매 업소가 존재하고, 여전히 성업 중이다.

"그러니까 썰 좀 풀어 보지? 그리고 네가 그걸 공개한다고 해서 검찰이나 경찰이 진짜 그 방법으로 단속하겠냐?"

"하긴, 그것도 또 그러네."

대부분의 성매매 업소의 단속은 몰라서 못 잡는 게 아니라 안 잡는 거다.

공권력을 가진 이상 작정하고 때려죽이려고 하면 진짜로 때려죽일 수 있으니까.

"건물주를 때려잡으면 가능하냐?"

"지랄 났네. 그게 먹히겠냐? 그거 먹혔으면 벌써 오래전에 박멸되었겠지."

건물주를 때려잡는 건 성매매 특별법상 성매매 알선 관련 처벌 규정이다.

성매매 업소라는 걸 알고도 놔두면 3년 이하 징역, 3천만 원 이하 벌금이다.

"그거 얼마 하지도 않아."

최소한 서울 시내에서는 금방 벌 수 있는 돈이기에 부담이
되지 않는다.

"건물주들은 몰랐다고 하면 그만인데 뭘."

건물주들이 과연 몰랐을까?

문제는, 그 사실을 알았다는 걸 증명하는 건 또 다른 문제
라는 거다.

누가 봐도 성매매 하는 룸살롱이지만 건물주의 방관 여부
를 경찰이나 검찰이 증명하는 건 불가능하기 때문이다.

매달 접대받으러 갔다가 걸렸다면 모를까, 대부분의 건물
주들은 월세만 따박따박 들어오면 신경도 쓰지 않으니까.

"그나마 요즘은 또 이 새끼들이 법인을 세워서 지랄이란
말이지."

"법인?"

"그래. 요즘은 그래서 감방에도 못 보내."

관리 책임을 법인에 넘겨 버리고 법인에서 계약을 관리한
다고 해 버리면 감옥에 갈 사람이 없다. 책임자는 건물주가
아니라 관리 법인이니까.

그런 경우는 거의 100% 의미 없는 벌금만 주야장천 내다
가 끝나며, 좀 길어진다 싶으면 법인을 폐업하고 다른 제3의
법인을 세워 처음부터 다시 시작한다.

그렇다 보니 단속하기 위해 건물주를 때려잡는다는 것은 말 그대로 탁상공론이라고 봐도 무방했다.

"그래서, 직접 운영한 사람 입장에서는 어떤 방법이 최고 인데?"

"하, 이게 말이지."

오광훈은 머리를 긁적거리면서 말했다.

"가족."

"가족을 위협한다고?"

"아니, 가족을 부르면 된다는 거지."

"가족을 부른다?"

"그래. 가족들은 대부분 그런 일 하는 걸 모르거든. 애초 에, 알겠냐?"

"아아~ 그렇겠구나."

정상적인 가족이라면 이런 일을 허락할 리가 없다.

"나 때도 엔터 바닥에서 넘어와서 일하는 애들이 겁나 많 았거든."

"설마 너……."

"어후, 오해는 하지 말아라. 애초에 내가 조폭이던 시절에 는 그럴 인맥도 없었다. 그리고 우리 쪽에서 일하는 애들은 어린애들을 그렇게 취급하지 않았어."

"하긴."

오광훈은 조폭이던 시절에도 최후의 자존심이랄까 양심이

랄까, 그런 게 있었던 인간이었다.

"그러면?"

"그러면은 뭐 그러면이야. 뻔하지."

엔터 출신을 받아 주는 술집들은 한정되어 있다고 한다.

그런데 신입이 들어와서 밀리다 보면 엔터 출신들이 다른 업소로 가는데, 그런 곳이 오광훈이 하던 곳이었다고.

"엔터 출신들을 받아 주는 곳이 그렇게 적어?"

"자발적으로 술집에 찾아오는 질 안 좋은 애들 빼고는 사실 뻔하잖아."

물론 기회가 된다면 받아 주려고 하는 술집 업체들이 없는 건 아니겠지만, 그런 애들을 독점함으로써 이득을 챙기는 곳도 분명 있다고.

"아마 권소인이 운영하는 곳이 그런 곳일 거다."

"네가 아는 인간들은? 이제 안 해?"

"그렇잖아도 네가 궁금해할 것 같아서 찾아봤거든?"

"그래? 누군데?"

"보통은 엔터 사장이니 매니저니 하는 일을 하던 사람들이야."

그런데 이번에 그가 기억하는 놈들을 찾아보니 대부분 손 털었거나 일반 룸살롱으로 업종을 바꿨다고.

"다른 파벌이 들어와서 싹 다 처잡수셨단다."

"그게 누군지 묻지는 않았고?"

"뻔한 걸 왜 묻겠어?"

오광훈의 말에 노형진은 고개를 끄덕거렸다.

현재 소문으로는 권소인이 그 역할을 하고 있다고 하니까.

"그러면 거기에서 빼내려면?"

"가족들을 불러오면 된다는 거지."

"그거야 어렵지 않은 일인데."

아무래도 연습생을 관리하던 엔터테인먼트에는 연습생의 개인 정보가 있을 테니까.

"뭔 소리야? 개인 정보를 받아서 직접 연락하려고? 그게 되겠냐?"

일단 개인정보보호법 때문에 자료를 주지도 않을 거다.

"애초에 그랬다가는 한두 명 죽는 걸로 안 끝난다, 너."

돈 때문에, 또는 어떤 이유에서든 술집에서 일하게 된 연습생들에게 과연 자괴감이 없을까?

그런 상황에서 가족들이 그 사실을 알고 찾아온다면 과연 살고 싶을까?

"너 스스로 말했잖아, 그쪽은 안 막는 게 아니라 못 막는 거라고."

"그렇지."

노형진은 고개를 끄덕거렸다.

"나도 바보는 아니야. 사실상 타의에 의해 일하게 된 사람들의 인생을 망칠 생각은 없어."

다만 벗어날 수 있게 기회는 줄 생각이었다.

"놔 달라고 하면 놔주냐?"

"안 놔주겠지. 하지만 네가 한 말을 들어 보니까 방법이 없는 건 아니겠는데?"

"응? 뭔데?"

"네가 말한 그 사람들 중에서 아직 연락되는 사람 있지?"

"없다면 거짓말이겠지."

오광훈은 검사다. 찾으려고만 하면 얼마든지 연락처를 찾아낼 수 있다.

"그러면 그 사람들한테 익명의 인터뷰 신청이 가능하겠어?"

"익명의 인터뷰?"

"그래, 익명의 인터뷰. 켕기는 놈들이 볼 만한 걸로 말이야."

"뭐, 가능이야 하겠지. 그 새끼들이 원하는 건 단 하나니까."

손가락을 비비면서 돈을 세는 흉내를 내는 오광훈.

"그런데 그걸 하면 뭐가 바뀌어?"

"바뀌지."

노형진은 자신 있게 말했다.

"부모님이라는 존재는 언제나 자식을 지키고 싶어 하는 법이거든."

⚖

─그러니까 미성년자 연습생들을 속여서 룸살롱으로 끌고 가기

위해 체계적으로 굴러간다 이거군요.

–그렇다니까. 아예 큰 회사들 내부에서는, 적당히 골라 뒀다가 기회가 있을 때 빼내는 애들이 존재해. 누구라고는 말 못 하지만.

–저희 제보에 의하면 그중에는 연예인도 있다고 하던데요.

–있지. 암, 있고말고. 누구라고 말은 못 하지만.

–그러면 그렇게 끌려 들어간 여자 연습생들은 못 빠져나오나요?

–못 나가. 나갈 수가 없지. 누가 풀어 주나?

–안 풀어 준다고요?

–나갈 수가 없지. 함정이 얼마나 치밀한데. 빚만 해도 수억을 깔아 놔. 그렇게 깔아 둔 빚 때문에 숨도 못 쉬고 일한다고.

–그걸 어떻게 아시죠?

–내가 그쪽 바닥에서 오래 일했거든. 지금이야 완전히 손 털었지만. 그거 해 주는 다른 놈이 나타나서 그냥 손절 당했거든.

–모든 곳이 다 그런가요?

–응? 아니야. 모든 곳은 아니고, 엔터테인먼트조합 소속인 곳은 손도 못 대.

–어째서요?

–거기는 손대려고 하면 새론에서 무슨 수를 써서라도 말려 죽이거든. 그 업주뿐만 아니라 그 소속사 사장도 말이지.

–이해가 안 가요. 그렇게까지 연습생들을 거기로 밀어 넣는 이유가 뭐죠?

–뭐긴 뭐겠어, 다 돈이지. 화류계에 방송계 사람들이 투자한 돈이

한두 푼인 줄 알아? 유명 연예인들이 소유한 건물에 여자가 나오는 술집이 있는 게 우연 같아? 그럴 리가 없지. 그쪽이 돈이 되거든. 그런 사업은 무슨 짓을 해도 월세는 따박따박 내니까.

―방송계에서 화류계에 투자한다고요?

―뭐 비밀이기는 한데, 진짜 큰손들은 그쪽 업계 분들이라고. 방송국에서부터 기자, 엔터테인먼트 회사. 투자하지 않은 놈을 찾기가 더 힘들걸. 조직 이름도 있어, 신황금파.

―신황금파요?

―돈이라면 뭐든 한다는 게 그들 모토야. 애초에 인신매매 하는 시점에서 뭐, 뻔한 거지.

―인신매매는 박멸된 줄 알았는데요?

―개소리지. 그게 왜 박멸돼? 경찰도 거기에 두둑하게 투자했다고. 경찰의 비호를 얼마나 받는데? 경찰에 검찰에 판검사, 국회의원까지 다 끼어 있어. 그 신황금파가 방송계를 얼마나 쥐고 흔드는지 모를걸. 신황금파에서 딱 찍어서 '저년, 방송에 내보내지 마.'라고 말하는 순간 걔랑 그 회사 커리어는 끝나는 거야. 걸 그룹이 망해야 다급해지고, 그래야 술집으로 빼내기 쉬우니까.

―그러면 여자 연습생만 그쪽으로 땡기나요?

―어허, 무슨 소리야. 남자 연습생도 땡긴다고. 기자 양반, 호스트 바라고 못 들어 봤어?

―아, 들어 봤죠.

―거기서 도는 돈에 비하면 남자들이 룸살롱에서 쓰는 돈은 새 발

의 피라니까.

−큰가요?

−룸살롱은 고만고만한 애들이 와서 자잘하게 돈 쓰고, 호스트바
는 큰손님이 와서 확확 지른다고. 그리고 말이야, 남자를 원하는 게
여자 손님만 있을 것 같아?

−설마?

−어딜 가나 색다른 거 찾는 미친 새끼들이 있기 마련이라고.

모자이크 처리에 목소리 변조까지 한 그 인터뷰는 사람들
에게 크나큰 충격을 가져다주었다.

연예인들 걱정은 하지 않는 거라고들 말한다지만 설마 이런
더러운 비밀이 있을 거라고는 누구도 생각하지 못했으니까.

정규 방송이 아닌 인터넷 방송인데도 그 반향은 엄청났다.

특히 자녀가 현재 연습생이나 과거에 연습생이었던 사람
들에게는 충격이 이만저만이 아니었다.

당연히 자녀들이 엔터테인먼트 출신으로 서울에서 있거나
그간 자녀들과의 연락에 소홀했던 사람들은 다급하게 연락
하기 시작했다.

당연하게도 언론사들 역시 이에 대해 묻지 않을 수가 없었
다. 이슈가 될 수밖에 없는 사건이니까.

물론 기자들은 일단 쉬쉬하고자 했다.

그럴 수밖에 없었다. 그런 룸살롱의 가장 큰 손님들이 바

로 자신들이니까.

하지만 코리아 타임라인에서 물어뜯는 상황에서 입을 닫치고 있으면 자기들이 투자한 쪽인 거 아니냐는 의심을 받게 되니 도무지 가만있을 수가 없었다.

하지만 그들은 몰랐다, 그 대본을 써 준 게 노형진이라는 것을.

물론 저 안에는 수많은 거짓이 있다.

"이야, 진짜 머리 잘 썼다."

"그렇지? 원래 형태를 만들어 줘야 사람들이 물고 뜯기가 쉽거든."

확실한 거짓말은 두 개다.

첫 번째, 엔터 업계 사람들뿐만 아니라 법조계, 심지어 정치인까지 속해 있다는 것.

물론 속해 있는지 어떤지는 모른다. 속해 있을 가능성이 높기는 하지만 불확실하다.

그럼에도 불구하고 저런 이야기를 한 건, 만에 하나 정치계나 법조계에서 사건을 덮으려 드는 걸 막기 위해서다.

"그쪽은 내가 어떤 인간인지 아니까."

어중간하게 청탁받아서 권소인을 실드 치면 졸지에 저 신황금파 조직원으로 의심받게 될 테니까.

그러면 확실하게 노형진이 커리어를 작살낼 수 있다.

두 번째 거짓말은 바로 신황금파다.

사실 신황금파라는 조직은 없다.

그럼에도 불구하고 이름을 붙인 건, 세력을 구체화하여 그로 인해 의심받는 사람들이 움츠러들게 하기 위해서다.

조직이 구체화되는 순간 거기에 속하게 되는 걸 두려워하는 방송계 놈들은 조직에 속하지 않으려고 발버둥 칠 거다.

"눈속임이지."

신황금파란 없다.

그러니까 저기에 투자한 놈들은 아직까지 자기가 거기에 속하지 않는다고 생각해서 거리를 두려 할 거다.

그리고 바로 그 자체가 권소인의 파워가 줄어드는 것이었다.

"그나저나 이런다고 해서 사람들이 모여들까?"

"모여들지."

노형진은 씩 웃으며 말했다.

"조직이 있으면 피해자도 있는 법이니까."

그리고 그 피해자를 구할 방법이, 노형진에게는 있었다.

⚖

"이런 썅."

권소인은 생각지도 못한 상황에 이를 박박 갈았다.

"이거 뭐야? 저 새끼 누구야?"

"모르겠습니다. 목소리도 변조되었고 모습도 아예 그림자로 출연해서……."

"니미 씨팔. 감 오는 새끼도 없어?"

"저희가 이 바닥에 들어오면서 쫓아낸 새끼들이 한둘이 아니라……."

"씨팔."

권소인 아래에서 일하는 부하들은 눈치를 살살 살폈다.

갑자기 터진 일에 분위기가 이상해지기 시작했기 때문이다.

"아, 씨팔. 이제야 코딜09바이러스가 없어져서 돈 좀 빨아 보려 했더니."

"코딜이 아니고 코넬……."

"이 새끼가! 내가 코딜이라고 하면 코딜인 거야!"

누군가 지적하자 주저하지 않고 바로 재떨이를 집어 던지는 권소인.

그런 행동에 부하들은 아무 말도 못 하고 입을 다물었다.

"미치겠네."

이제 돈을 벌어서 줘야 하는 시점이다. 그런데 돈이 없다.

"가장 큰 문제는 계집도 없다는 겁니다."

"끄응, 시팔."

2년이라는 긴 시간.

아무리 엔터 업계에서 날고뛴다 해도 코넬09바이러스는 공포스러운 대상이다.

경찰이야 전화 한 방에 해결하고 검사야 돈 좀 쥐여 주면

똥구멍이라도 빨아 줄 새끼들이지만, 코넬09바이러스는 권력이 있어도 돈이 있어도 공평했다.

사망률이 낮아졌다?

하지만 코넬09바이러스에 걸렸다가 반병신이 된 후유증을 가진 사람들이 넘쳐 난다.

심지어 코넬09바이러스에 걸리면 동선이 추적당해서 대문짝만 하게 공개된다.

룸살롱이라고 인터넷에다가 자기 동선을 박을 수는 없으니 사람들은 몸을 사렸다.

그마저도 얼마 지나지 않아 정부에서 아예 영업을 막아 버렸고.

그러다 보니 계집애들은 나이를 먹었다. 그들 입장에서는 퇴물이 된 거다.

그 퇴물들을 그냥 둘 수는 없다.

그래서 그년들을 모조리 다른 업체에 넘기고 이제 막 새로운 애들로 새로운 피를 수혈해야 하는 시점이었다.

"그런데 이거⋯⋯."

그런 와중에 갑자기 상황이 꼬였다.

이래서야 새로운 애들을 데려올 수가 없다.

"다른 소속사들에서는 뭐래?"

"P사에서는 이번에 데뷔조에서 탈락한 애들을 무조건 방출하기로 했답니다."

쾅!

그 말에 권소인이 책상을 후려쳤다.

"씨팔, 뭔 개소리야? 그 애들은 우리한테 넘기기로 했잖아!"

데뷔조에서 탈락한 애들은 가장 좋은 상품이다.

춤도, 노래도 충분하니까.

그리고 절망감도 가장 충만할 때다.

그래서 회사에서 탈락시키고 방치하면, 제 발로 나가겠다는 소리를 한다.

바로 그때 막대한 빚을 뒤집어씌우고 그걸 갚으라고 압박하면 어쩔 수 없이 몸 팔러 기어 나오게 된다.

"그게…… 자기들에 대한 시선이 좋지 않다고. 그리고 L사에서는 이번에 소송 중인 애들에 대해 소송을 취하하겠다고……."

"씨팔."

L사는 거의 작업이 끝난 일이었다.

소송을 통해 방출이 결정된 애들을 압박하고 있었고 그 설득이 거의 끝난 상태였는데, 여기서 L사가 소송을 철회하면 미쳤다고 그년들이 술집에 오겠는가?

"그리고 M사의 경우는 그냥 활동시켜 보겠다고……."

"허? 미친 새끼들이, 돌았나?"

M사, 정확하게는 미라클 엔터테인먼트.

그 회사에는 6인조 걸 그룹이 있다, 비너스라인이라는.

권소인이 쓸 만한 마스크라고 여겨서 망하게 하기 위해 공을 많이 들인 곳이었다.

그리고 얼마 전 최후통첩을 보냈다.

술집으로 넘겨라. 그러면 두둑하게 챙겨 주마.

대부분의 회사는 처음에는 반대하고 지랄 발광한다. 그러나 망할 것 같으면 자연스럽게 와서 살려 달라고 빌며 계집애들을 술집으로 넘긴다.

그다음에는 편하다. 처음이 어렵지, 두 번째부터는 쉬우니까.

연습생을 뽑고 적당히 훈련시켜서 술집에 넘긴다.

술집 여자를 제공하는 게 간단하고 안전하고 쉽고 편하게 돈을 벌 수 있는 방법임을 알게 되니 계속 그 짓을 하게 된다.

"이 새끼들이 미쳤나?"

그런데 대형 회사도 아닌 소형 회사가 그런다는 사실에 권소인은 이를 박박 갈았다.

"당장 그 새끼들 출연 금지시켜. 국물도 없다는 걸 보여 줘."

"그게…… 문제가 있습니다."

"무슨 문제?"

"그놈들이 엔터테인먼트조합에 가입하겠다고 찾아갔습니다."

그 말에 권소인의 얼굴이 굳어졌다.

그조차도 건드리지 못하는 곳. 엔터테인먼트조합.

처음에는 그쪽에도 손대 볼까 했다. 규모가 커서 계집을 수급하기 쉬우니까.

하지만 주변에서 결사적으로 말렸다. 노형진에게 걸리면

피 본다며 말이다.

　그런데 그곳으로 기어들어 간다니.

　"이런 씹."

　권소인은 왠지 모를 불안감에 이를 악물었지만 그런다고
해서 상황이 바뀌는 건 아니었다.

일단 망하고 시작하자

　엔터테인먼트조합에 가입하려는 미라클 엔터테인먼트의 사장 조아준은 노형진을 보면서 눈치를 살폈다.

　그가 가입 신청서를 낸 시점에 찾아왔기 때문이다.

　"권소인이 뭐라고 하던가요?"

　그 말에 조아준은 심장이 내려앉는 느낌이었다.

　"네? 아니요? 하하하하."

　"그래요? 아무 문제도 없는데 가입하러 오셨다는 소리군요. 그러면 이 가입 신청 서류는 반려해도 되겠네요?"

　시큰둥하게 말하는 노형진이었지만 조아준에게는 사형선고나 마찬가지였다.

　"꼬…… 꼭 가입하고 싶습니다."

"글쎄요? 저희가 범죄자를 받아들이는 곳은 아니라서요. 하물며 신의도 없는 놈을 받아들이기에는."

그제야 조아준은 깨달았다, 노형진이 모든 걸 다 알고 있다는 것을.

"자…… 잠깐만요. 진짜로 저는 억울합니다."

"억울할 게 뭐 있나요? 신황금파 소속이시면서."

"신황금파라니요. 아닙니다! 절대로 아닙니다!"

"비너스라인의 방송 출연을 막으면서 술집으로 넘기려 했다는 걸 제가 몰랐을 것 같습니까?"

물론 노형진이 모든 그룹의 활동 내역을 아는 건 아니다.

하지만 이 사태가 터지자마자 가입 신청서를 낸다?

'뭔가 있는 거지.'

그렇잖아도 지난번 연예인관리협회 사건 이후로 수많은 엔터테인먼트가 엔터테인먼트조합에 가입했다.

물론 의무 사항은 아니니 그때 가입하지 않은 걸로 뭐라 할 이유는 없다.

하지만 이제 와서 조합에 가입하겠다?

그래서 노형진은 이상하다는 생각에 소속 그룹의 활동을 확인했다.

그리고 그 결과, 비너스라인이 무려 4개월간 아무런 활동도 없다는 걸 알아차렸다.

그나마 지방 행사는 다소 있었지만 방송 출연 쪽은 아예 끊어졌다고 봐야 할 수준.

"저는 진짜 억울합니다! 제가 그런 놈은 아니에요!"

그 부분을 지적하자 결국 조아준은 억울한 듯 소리를 질렀다.

"그래요? 그런데 왜 권소인 편을 들죠? 제가 병신 같아 보입니까?"

"그……."

"당신이 여기로 온다고 해서 권소인이 놔줄 것 같아요? 당신이 여기에 찾아온 시점부터 선택할 수 있는 건 두 가지뿐입니다. 당신이 뒈지든가, 권소인이 뒈지든가."

그 말에 조아준은 눈을 질끈 감았다.

그러고는 한참 있다가 힘들게 입을 열었다.

"맞습니다. 그놈이 저희 애들을 룸살롱으로 넘기라고 하더군요."

당연히 거절했다.

그리고 그날부터 모든 행사가 줄줄이 취소되었다.

방송, 라디오, 심지어 대형 지방 행사까지.

"회사는 넘어가기 직전이 되었고, 방법이 없더군요."

"그런데 뉴스에서 이번 사건이 터졌다?"

"네."

"왜 기존에는 가입하시지 않은 겁니까?"

"그게…… 딱히 필요가 없다고 생각해서……."

틀린 말은 아니다.

엔터테인먼트조합의 가장 큰 힘은 공동 사무실과 공동 연습실을 이용한 일종의 성장이다. 이미 어느 정도 자리를 잡은 중견 회사들은 그게 필요가 없다.

그들 입장에서는 혜택은 없는데 의무만 있는 셈이니 꺼리는 것도 사실이다.

그리고 연예인관리협회가 무너진 후에도, 애초에 거기서 질리게 당해서 아예 협회 가입을 꺼리는 사람들도 있고 말이다.

"하지만 이제는 아니라 이거군요."

보호해 줄 곳이 있어야 한다. 그런데 엔터테인먼트조합이라면 가능하다.

"좋습니다. 단, 조건이 있습니다. 사실대로 말하세요."

"하아~ 그게……."

결국 조아준은 마음을 굳혔다. 노형진의 말이 맞으니까.

"솔직히 말해서 그…… 저희 애들한테 기회를 주실 수 있습니까?"

"있죠. 실력이 있는데 억울하게 출연이 막히지는 않을 겁니다."

"권소인의 파벌은 엄청납니다."

"아뇨. 지금은 아니죠."

도리어 지금은 권소인이 자신에게 연락할까 봐 쉬쉬하면서 모른 척하고 있을 거다.

"그래도 모른 척 출연을 막을 수는 있습니다."

그건 사실이다.

방송국에서 권소인과 연락을 주고받을 수는 없겠지만 그가 부탁한 출연 금지를 계속 유지할 방법은 있다.

"그건 제가 알아서 하죠. 그러니 사실대로 말해 보세요."

그 말에 조아준은 고개를 끄덕거렸다. 노형진의 말대로 선택지가 없으니까.

"사실은……."

권소인이 여자들을 공급하는 방법은 간단하다.

채권의 회수.

엄밀하게 말하면 연습생들에게 들어가는 돈은 투자비다.

그래서 데뷔한 후에 그걸 탕감하고 정산하는 게 일반적이다.

"하지만 어떤 곳들은 그걸 빚으로 달아 두죠."

"법에 대해 잘 모르는 연습생들을 속이는 거군요."

"네."

분명 투자한 후에 데뷔하면 탕감하는 게 맞다. 투자니까.

하지만 투자는 빚과 다르다. 수익을 나누는 것뿐이니 갚을 의무는 없기 때문이다.

그래서 투자금과 관련해서 가장 많이 나오는 소송이 이런 부류다.

받은 쪽은 투자금이라고 하고, 준 쪽은 빌려준 거라고 하는 부류.

"그쪽에서 그러더군요. 우리 애들 투자비를 빚으로 바꿔서 그 채권을 넘기라고."

그러면 미라클 엔터테인먼트는 손해는 보지 않는다.

그리고 그 돈으로 다시 한번 도전할 수 있게 된다.

"계약 조건이 빚입니까?"

만일 미라클 엔터테인먼트가 계약 조건을 빚으로 했다면 절대로 엔터테인먼트조합에 가입할 수 없다.

엔터테인먼트조합에서는 투자금을 빚으로 속여서 갈취하는 행위를 절대 금지하고 있기 때문이다.

가입하기 위해서는 새롭게 투자금으로 계약을 해야 한다.

"아닙니다. 우리는 그…… 투자금입니다."

"그런데요?"

"그게 말입니다, 소송만 걸면 그쪽에서 알아서 해 준다고 하더군요."

"소송만 걸면 알아서 해결해 준다?"

"네."

'하긴, 그 정도 돈이면 판사들 손에 좀 쥐여 주는 건 일도 아니겠지.'

하지만 그래도 이해하기 어려운 부분이 있다.

"그래도 이해가 안 가는데요? 투자로 계약서를 작성한 걸 보니까 망하면 받을 생각이 없었던 모양인데."

가수가 음주 운전을 하거나 사고를 친다면 모르겠지만 이 바닥은 모 아니면 도다.

성공하면 엄청난 돈을 벌지만, 망하면 그걸로 끝이다.

투자자는 돈을, 연습생은 인생을 걸고 도전하는 거다.

만일 어떻게든 돈을 받고 싶었다면 계약을 투자가 아닌 빚으로 해 놨을 거다.

"그걸 이제 와서 달라고 한다고요?"

"저도 그럴 생각이 없었으니 그렇게 설정했죠. 그런데 은행에서 대출을 환수하겠다고 해서요."

그 말에 노형진은 기가 막혔다.

"은행에서 뜬금없이 대출을 환수하겠다고 그랬다고요?"

"네."

이건 심각한 문제다.

아무리 투자로 끝낸다 해도 지금 대출을 환수한다는 건 전혀 다른 문제니까.

천천히 갚아 가거나 나중을 대비할 것도 아니고 갑자기 내놓으라고 한다면 그 압박은 어마어마하다.

'그 정도면 부담을 느낄 수밖에 없지.'

판사에 경찰에, 심지어 은행까지 쥐락펴락하는 걸로 느껴질 테니까.

"좋습니다."

노형진은 고개를 끄덕거렸다. 정보는 이것만으로도 충분했다.

"가입시켜 주시는 겁니까?"

"네. 아, 물론 주거래은행을 알려 주신다는 조건하에 말입니다."

"주거래은행요?"

"네."

노형진은 싱글벙글 웃었다.

"지켜 달라면서요?"

"네."

"제가 아는 지키는 방법은 하나뿐이라서요."

"하나뿐……?"

"조져 놔야지요."

조아준의 질문에 노형진의 눈이 번뜩거렸다.

화평은행. 조아준의 주거래은행이었다.

그리고 노형진은 오광훈과 기자들을 데리고 그곳에 들이닥쳤다.

'안 봐도 뻔하지.'

화평은행은 한국의 대형 은행 중 하나다.

지역 은행도 아닌 제1금융권이 그렇게 주먹구구로 일하지는 않는다.

'미쳤다고 은행 본사에서 미라클 엔터테인먼트를 조지겠어?'

그럴 이유도 없고, 애초에 미라클 엔터테인먼트의 급이 그 정도도 안 된다.

그런데 그런 일이 벌어졌다면 이유는 단 하나뿐이다.

'기껏해야 지점장 정도.'

그러니 당당하게 조질 수 있다.

그렇잖아도 신황금파라는 조직을 공개한 후에 그 실체에 대해 갑론을박이 벌어지고 있는 시점이다.

그리고 인터넷에서 활동하는 방송계 사람들은 그런 건 없다고 필사적으로 실드를 치는 와중이다.

'하지만 일단 존재한다고 하면 그만이지.'

누구 하나 콕 집어서 신황금파라고 해 버리면, 그 순간부터 그들이 존재하지 않는다는 말은 통하지 않는다.

물론 그 콕 집힌 놈이야 억울해서 뒈질 기분일 테지만.

하지만 알 게 뭔가?

원래 조폭이라는 게 그렇다. 스스로 이름 붙이고 활동하는 놈들보다 이름 없이 몰려다니는 놈들이 훨씬 많다.

그리고 경찰은 그들에게 이름을 붙이고 관리한다.

그러니 스스로 폭력배를 뜻하는 이름을 붙이지 않았다고 해서 폭처법상의 조직폭력배가 아닌 건 아니다.

"뭐야!"

그렇잖아도 노형진은 그렇게 콕 집을 놈을 찾고 있었다.

임팩트가 있으며 사람들에게 충격을 줄 만한 놈으로.

그리고 은행에서 일하는 놈은 딱 맞는 조건을 가지고 있었다.

지점장만 해도 사회에서 엘리트로 취급받는다.

하물며 엔터 업계에서는 없다고 하는 조직이 은행까지 컨트롤할 수 있다는 상황이 드러난다면 얼마나 충격이 크겠는가?

"새벽일보에서 나왔습니다."

"코리아 타임라인입니다."

"여기에 신황금파의 행동대장이 근무한다는 게 사실입니까?"

"화평은행이 신황금파에 자금을 제공하고 있다는데, 사실인가요?"

갑자기 몰려드는 기자와 카메라.

그걸 본 경비원은 다급하게 막으려고 했다.

하지만 그건 그의 힘만으로 막힐 만한 성격의 것이 아니었다.

"신황금파?"

"그게 여기서 왜 나와?"

일을 보러 와 있던 사람들이 그 이름에 혹해서 몰려들었고, 급기야 주변을 지나가던 사람들까지 모여들기 시작했다.

"여기가 신황금파의 자금줄이라는데?"

"그게 사실일까?"

"뭔 말도 안 되는 소리야?"

사람들과 별개로 노형진은 당황하는 은행원들을 보며 미소 지었다.

'그러겠지.'

저들에게는 뜬금없는 일일 거다.

대부분 신황금파라는 이름도 모를 테니까.

애초에 다들 모를 거다. 하지만 한 사람은 안다.

노형진은 번호표도 뽑지 않고 당당하게 대출계의 한 여직원에게 향했다.

"이향순 씨?"

"네, 네?"

자신에게 향하는 시선에, 이향순이라고 불린 여자는 당황해서 더듬거리며 대답했다.

"당신이 신황금파 자금줄이라는 제보가 있었습니다. 사실입니까?"

"네? 아…… 아니에요. 제가 무슨 힘이 있다고."

'그렇겠지.'

아무 힘도 없다.

은행에서 업무를 보는 많은 사람들이 정직원이 아니라 계약직이다. 그러니 혼자서 이런 월권을 행할 수는 없다.

그럼에도 불구하고 그녀에게 물어본 이유는 간단하다.

미라클 엔터테인먼트에 대한 대출의 회수를 언급한 게 그녀니까.

"미라클 엔터테인먼트에 비너스라인을 술집에 넘기지 않으면 대출을 종료하고 전액 회수한다고 하셨다면서요?"

"아니요!"

그 말에 이향순은 얼굴이 파리해졌다.

직감적으로 뭔가 일이 잘못되었다는 걸 알아차린 거다.

자신이 미라클 엔터 담당인 건 맞으니까.

"이미 법적으로 확인해 봤습니다. 당신, 그럴 권한도 없다면서요? 그런데 그런 말을 해요? 그랬으면서 신황금파가 아니라고요?"

물론 이걸로 고소 고발할 수는 있다.

하지만 경찰도 검찰도 믿을 수 없는 상황.

아니, 그걸 떠나서 그들은 제대로 수사하지도 않을 거다.

그러니 그 전에 핵심 인물부터 조져 놔야 한다.

'물론 이향순 씨는 아무것도 모르겠지.'

하지만 이 상황에서 그녀가 과연 입을 닫을까?

고작 계약직이 그럴 리가 없다. 자기부터 살아야 하니까.

"그거…… 제게는 결정권이 없어요. 결정권자는 과장님이에요."

그리고 모두의 시선이 안쪽에 있는 남자에게로 쏠렸다. 거기에는 과장이라는 명패가 있었다.

"자, 잠깐…… 아니, 그게……."

"당신이 신황금파의 자금줄입니까?"

"권한을 이용해서 신황금파에 수백억 원대 대출을 주선해 준 게 사실입니까?"

"아니야! 아니라고!"

과장도 직감적으로 알았다, 자기가 좆 되었다는 걸.

그리고 그도 사실 선택지가 없었다.

차라리 고소가 들어왔다면 변호사랑 이야기하고 대책을 세웠을 거다. 하지만 갑자기 이러면 대부분의 사람들은 변명하기 마련이다.

"나, 나도 권한이 없어! 내가 돈을 주고 싶어서 준 게 아니라고!"

'내가 이럴 줄 알았다.'

권소인에게 청탁받아 대출을 회수하겠다고 했다는 놈들이 과연 권소인과 그 일당에게 돈을 빌려주지 않았을까? 그랬을 리가 없다.

권소인이 성공한 연예인이기는 하지만 클럽과 룸살롱을 그렇게 운영할 만큼 돈을 많이 번 놈은 아니다.

그때 노형진의 옆에서 흘러가는 상황을 지켜보던 오광훈이 나섰다.

"그러니까 부당 대출을 해 주셨다는 거네요?"

"누…… 누구십니까?"

"서울중앙검찰청 오광훈 검사입니다."

"거…… 검사."

그제야 과장은 아차 싶었지만 이미 늦었다.

주변에 증인도 넘치고 카메라도 넘친다. 자신이 했던 말을 되돌릴 수는 없다.

그런 그에게 노형진이 차분하게 말했다.

"변호사로서 말씀드리자면, 여기서 입 다물면 자연스럽게 독박 쓰시게 될 겁니다. 아마 아실 텐데요? 당신이 전화받고 무슨 짓을 했는지를요. 그리고 이제 당신이 그 일을 당할 차례입니다."

쉽게 말해서, 지금이 아니면 과장이 아무리 진실을 말해도 돈을 받은 주변에서 덮어 버릴 거라는 뜻이다.

그걸 실행한 장본인인 과장은 미칠 것 같았다. 그랬기에 자연스럽게 입이 열렸다.

"지점장님이 시킨 거라고요. 저는 진짜로 몰라요. 저는 시키는 대로 한 것뿐입니다."

"너 이 새끼! 어디서 입을 나불거려!"

그 목소리에 모두의 시선이 확 돌아갔다. 거기에는 창백한 얼굴의 남자가 서 있었다.

"너…… 지금 어따 대고 헛소문을 퍼트려! 어?"

사달이 난다는 소리에 내려오던 지점장이 현장을 발견하고 다급하게 과장의 입을 막은 거다.

그리고 과장은 직감적으로 여기서 자기가 뒤집어쓰면 망한다는 걸 알아차렸다.

"지점장님이 그러셨잖아요! 돈 빌려주라고!"

노형진이 창구의 이향순에게는 왜 대출을 막았냐고 묻고, 반대로 과장에게는 왜 대출해 줬냐고 물은 이유는 간단하다.

1타 2피.

대출을 막을 놈이 대출을 받지 않았을 리가 없으니 그게 터지면 역풍이 불 테니까.

"아니, 내가 언제!"

"지난번에요! 저한테 무려 10억이나 대출 승인하라고 하셨잖아요!"

"너 이 새끼, 입 안 닥쳐!"

지점장은 다급하게 과장의 입을 막으려 했다.

하지만 과장은 이미 흥분한 상태였다.

"그래 놓고 왜 저한테 뒤집어씌우세요!"

어차피 막 나가는 상황.

물론 은행의 과장이라는 직급이 아까운 건 사실이다.

하지만 일이 이 지경이 된 이상 본사에서 감사가 들어올 수밖에 없다. 최악의 경우 자신이 독박을 뒤집어쓰고 모가지가 날아간다.

아니, 최악이 아니라 최선일 거다.

지점장은 적당히 뇌물 좀 주고 높은 분들과 하하 호호 하면 풀려날 테지만, 그는 아니다.

저기 비정규직인 이향순과 함께 꼬리 자르기에 휘말려 모가지가 날아갈 수밖에 없는 상황.

그때가 되어서야 억울하다고 해 봐야 누구도 들어 주지 않을 거다.

그 사실을 알기에 과장은 악다구니를 쓸 수밖에 없었다.

그때 그 모습을 지켜보던 노형진이 슬쩍 끼어들었다.

"내부 고발하시는 겁니까?"

"내부 고발요?"

"네. 법적으로 내부 고발자는 보호해야 합니다. 부당한 해고나 압박에서 말이지요."

노형진의 말에 과장과 이향순의 눈동자가 흔들렸다.

"해고당하지 않다고요?"

"네."

감사가 들어오면 자신들은 100% 잘린다. 하지만 내부 고발자가 되면 못 자른다.

그렇다면 선택지는 하나뿐이다.

"내부 고발 맞습니다."

"맞아요. 저도 지점장님이 시켰어요. 미라클 엔터에 승인해 준 대출을 무조건 환수하라고."

"저는 대출 부적격자에게 대출해 주라고 압박받았습니다. 그 자금이 다 합해서 20억은 될 겁니다."

"이, 이, 이……."

그 말에 지점장은 얼굴이 노래졌다.

"아니야! 아니야! 아니라고!"

하지만 누구도 지점장의 말을 믿지 않았다.

이미 카메라는 몸부림치는 지점장을 차갑게 비출 뿐이었다.

—아니야. 아니라고!

—오늘 화평은행에서는 해당 지점에 대한 대대적인 감사를 예고했습니다.

모자이크 처리된 지점장의 모습과 뒤이어서 나오는 아나운서의 발표.

그런 모습을 보면서 노형진은 혀를 끌끌 찼다.

"안 봐도 뻔하죠. 접대받고 대출해 준 거지."

지점장 입장에서야 어리고 탱탱한 여자들을 마음대로 품을 수 있으니 눈깔이 돌아갔을 거다.

"그래, 그런 것 같더라고. 일단 지금 증언에 따르면 부당 대출이 한 20억 되는 모양이고 의심스러운 건 30억쯤 되는 것 같아. 그러니까 한 50억 되는 거지."

"의심스러운? 부당 대출 말고?"

오광훈의 말에 노형진은 고개를 갸웃하면서 물었다.

"아, 부당 대출은 아니긴 한데 뭐랄까, 사용처가 의심스러운 자금이라고 해야 하나?"

"룸살롱 투자비 같은 거 말하는 거지?"

"알고 있었어?"

사실 엔터 업계 사람들이 버는 돈은 뻔하다. 그들의 연봉이 10억씩 하는 것도 아니고, 많아 봐야 1억 내외다.

그런데 1억을 번다면 그만큼 씀씀이도 커지는 법.

연봉 1억이라면 많아 보이지만 세금을 비롯해 이것저것 떼고 나면 6,800만 원 정도가 일반적이다.

당연하게도 거기서 생활비와 애들 학비를 제하고 나면 남는 게 그리 많지 않다.

그들이 사는 서울은 생활비도 많이 드니까.

"그래서 내가 거기서 뜬금없이 부당 대출을 물고 늘어진 거다."

돈이 있는 놈들이 아니면 그런 곳에 투자하기 힘들다.

현실적으로 자리가 만들어 주는 돈에는 한계가 있으니까.

"국회의원들이 왜 새론에 질질 끌려다니겠어?"

미다스라는 강력한 투자처가 있기 때문이다.

그렇다면 권소인은 그들에게 어느 정도의 투자처일까?

"글쎄."

"가치가 없지."

물론 돈이야 많이 벌지 모른다.

하지만 정치인들에게 그 투자처는 상당히 위험하다.

룸살롱은 돈 있는 사람이 굳이 욕먹으면서까지 투자하기에는 애매하고, 돈 없는 사람이 투자하기에는 덩어리가 너무 크니까.

"그런 투자자들이 모여서 자금을 만들어서 투자했다고 생각해?"

"아마도. 그럴 가능성이 크겠지. 말했잖아, 권소인이 그렇게 큰 돈을 번 인간이 아니라고."

물론 한때 잘나갔던 아이돌 가수인 것도 사실이고 또 여전히 적지 않은 돈을 버는 것도 사실이다.

하지만 그 당시에 번 돈의 가치를 생각하면 턱도 없이 부족하고, 지금 버는 돈도 룸살롱 수십 곳을 운영할 수 있을 정도는 아니다.

"내 정보에 따르면 권소인은 일종의 얼굴마담…… 아니, 이 경우는 바지사장이라고 표현하는 편이 맞겠네."

엔터 측에서 술집 바닥으로 투자하고 싶어 하는 사람들이 사용하는 일종의 바지사장.

"2억, 3억씩 투자를 하는 게 불가능한 건 아니지."

당연하게도 그렇게 투자한 사람들은 좋든 싫든 권소인을 보호해야 한다. 그리고 그건 권소인의 강력한 힘이 된다.

"무슨 소리인지 알겠다. 그러면 이 문제는 어떻게 되는 거야?"

"간단해. 권소인에게 이제 투자금 환수가 들어오겠지. 역으로 말이야."

"역으로?"

"그래."

권소인은 지점장에게 돈을 줬든 아니면 몸 로비를 했든, 조아준과 미라클 엔터테인먼트의 사업을 망하게 하려고 했다.

하지만 역으로 해당 지점이 털려 버렸고, 본사에서는 심사를 다시 해서 대출을 회수하려고 할 거다.

"그리고 그걸 알게 된 놈들은 당연히 어떻게 해서든 대출을 갚으려고 할 테지."

물론 불법 대출 받은 놈들이 그럴 거다.

"하지만 네가 의심스러운 쪽도 조사한다면 어떻게 하겠어?"

"당연히 그놈들도 갚고 싶겠지."

"맞아. 그러면 권소인으로서는 미칠 노릇일걸."

못해도 20억, 최악의 경우 50억의 투자금을 돌려줘야 한다. 그런데 과연 그게 가능할까?

"돌려줄까?"

"돌려주는 건 내 알 바 아니지."

노형진은 어깨를 으쓱했다.

"우리한테 중요한 건 돈이 아니야. 권소인 그 새끼를 비호하는 놈들을 떼어 내는 거지."

"하긴."

"그리고 우리가 투자금 반환 청구 소송을 해 준다고 하면 과연 어떻게 반응하겠어?"

"아하!"

당연하게도 사방에서 몰려들 거다.

왜 다른 곳이 아닌 새론일까? 새론이 이번 사건의 핵심이니까.

피해자를 대신해서 은행을 턴 곳이 새론이다.

그런데 그곳에 의뢰를 맡긴다면?

"아마 잘만 하면 그 부당한 투자에 대한 면피가 가능할지도 모른다고 생각할 거야."

변호사들에게는 비밀 유지의 의무가 있다. 일하는 과정에서 알게 된 정보는 외부에 흘려서는 안 된다.

이것도 마찬가지.

새론에 사건을 맡기는 순간 새론은 그 돈이 성매매 업체로 투자되었다는 걸 알아도 경찰에 제보하거나 외부로 흘릴 수 없게 된다.

"나름 머리를 쓴다 이거구나."

"맞아."

노형진은 그걸 알기에 현장에서 굳이 신분을 드러내고 자신을 찍는 다른 기자들을 놔둔 거다.

"만일 내 예상대로라면 그들은 나한테 일을 맡길 거야."

그러면 노형진은 역으로 권소인을 압박할 수 있는 카드를 얻게 된다.

"권소인 입장에서는 똥줄이 바짝바짝 탈걸."

⚖️

"투자금을 돌려 달라고요?"

"그래! 내가 투자한 3억 빨리 돌려줘!"

"아니, 최 PD님. 이건 아니죠."

최 PD는 권소인에게 다급하게 돈을 돌려 달라고 요구했다.

하지만 권소인은 그 돈을 줄 수가 없었다.

"이 새끼야, 돈이 썩어 넘친다면서?"

"그게, 지금은 돈이 없다니까요."

매달 많은 돈을 번 건 사실이다.

하지만 이런 업계 놈들이 다 그렇듯 그 돈을 아끼고 제대로 사업하기보다는 그냥 흥청망청 쓰면서 막 살았다.

돈은 더 벌면 된다는 알량한 생각으로 말이다.

그나마 있던 돈도 얼마 전 공탁하면서 현금 자산이 똑 떨어진 상황. 그런데 갑자기 십수 명이 돈을 돌려 달라고 하니 돌려줄 수 있을 리가 없다.

"아니, 돈이 없다니까요."

"이 새끼가! 돈 내놔! 돈 내놓으라고!"

최 PD는 미칠 것 같았다.

사실 그는 돈을 빌릴 수가 없는 처지였다. 하지만 너무 투자하고 싶었고, 그때 권소인이 도와준다고 했다.

당연히 그 덕분에 대출이 나왔던 걸 기억하는 그의 입장에서 부정 대출을 한 게 자신이라는 걸 모를 리가 없다.

지금이라도 처벌을 적게 받으려면 그걸 갚아야 한다.

문제는, 갚을 돈이 없다는 거다.

"에이, 씨팔. 왜 그래!"

결국 참다 못한 권소인은 최 PD의 멱살을 잡고 내동댕이 쳤다.

"왜 그래? 너! 지금 나한테……!"

"이 새끼가, 내가 자기 프로그램에 출연해 주니까 내가 을 인 줄 아나? 미친 새꺄, 내가 너 따위한테 길 줄 알아? 거기 에 나 꽂아 준 게 누군지 기억 못 해?"

분명 권소인을 최 PD의 프로그램에 꽂아 넣으라고 한 건 국장이다.

"너 이 새끼, 이번 주부터, 아니 오늘부터 나오지 마! 너 다 통편집 할 거야!"

"지랄 났네. 해 봐, 이 새끼야. 누가 쫄려서 이러는 줄 아 나, 미친 새끼가. 고작 PD 따위가 지랄이야, 지랄이."

구겨진 자신의 양복을 탁탁 당겨서 편 권소인은 눈을 찡그 렸다.

"야, 손님 가신단다. 끌어내."

"네, 사장님."

"이 개 같은 새끼야! 돈 내놔!"

고래고래 소리를 지르며 끌려 나가는 최 PD.

그 모습을 지켜보던 한 남자가 걱정스럽게 물었다.

"형, 저래도 돼?"

"뭐가?"

"아니, PD라면서?"

"지랄하지 말라고 해. 능력도 없는 새끼야. 낙하산으로 내려온 새끼라 그냥 국장한테 말해서 어디 지방으로 좌천시키면 그만이야."

그건 어려운 일이 아니다. 처음도 아니고 말이다.

"그나저나 이거 완전 골 때리네."

돈줄이 말라 버렸다. 그렇잖아도 여자도, 손님도 없는데 사방에서 투자금을 돌려 달라고 성화다.

"최 PD 따위야 그냥 털어 내면 그만인데."

하지만 국장급이나 이사급 같은 고위직에게는 돈을 돌려 줘야 한다.

"에이, 씨팔. 좆같네."

권소인은 담배를 꼬나물면서 눈을 찡그렸다.

"야, 애들 불러서 비자금 좀 가져와."

"주려고?"

"좆같아도 줘야지 어쩌겠냐?"

물론 전부 줄 수는 없다. 일단은 아가리 닥칠 정도만 주면 된다.

"일이 꼬이는 것 같은데, 씨팔."

권소인은 스멀스멀 올라오는 불안감을 애써 감추면서 담배를 짓씹었다.

"일단 자금줄은 끊어 버린 것 같고."

식사를 마친 노형진이 중얼거렸다.

두 사람은 언제나처럼 돼지 국밥집에서 식사를 한 참이었다.

그 앞에서 이를 쑤시던 오광훈이 눈을 동그랗게 뜨고 물었다.

"누구? 아, 그 약쟁이?"

"그래."

노형진과 싸움이 붙었다는 걸 엔터 업계는 알 거다.

지금까지 그들이 권소인을 편들어 준 건 그렇게 함으로써 자신의 재산을 지키기 위해서였다.

하지만 재산을 지키기 위해, 자신의 인생을 망가트릴 수도 있는 상대와 싸우려 들지는 않을 거다.

"그게 갑자기 권소인이 방송에서 하차하는 이유라고 생각해?"

"틀린 말은 아닐 거야. 일이 커졌으니까."

진실을 알고 있는 PD들이 불편해하는 것도 있을 테고, 권소인 스스로도 분위기가 안 좋은데 여기저기 들쑤시고 방송하는 게 영 탐탁잖을 수도 있다.

중요한 건 이제 권소인을 도와줘야 하는 사람들이 슬금슬금 눈치를 보기 시작했다는 거다.

"그러면 이제 본격적으로 뒤집어 봐야지."

"하지만 이 정도로 가능할까? 솔직히 말해서 이제는 시간이 없어서 음주 운전으로 엮는 게 쉽지 않을 텐데."

"물론 이 정도로는 힘들지."

노형진은 고개를 흔들었다.

"하지만 이제 마지막 힘을 빼 놓을 사람이 있지."

"누구?"

"그건 아마도 저겠지요."

그 순간 그들 옆에서 들리는 목소리.

고개를 돌려 보니 손예은 변호사가 서 있었다.

그녀는 자연스럽게 두 사람의 자리에 동석하더니 손을 번쩍 들었다.

"이모님, 여기 돼지 국밥 하나 주세요."

"특이하시군요. 전에는 이런 거 안 드셨잖습니까?"

손예은 변호사는 스파게티 같은 양식을 더 선호했지 돼지 국밥 같은 걸 좋아하는 타입은 아니었다.

"좋아하는 것과 매일 먹는 건 전혀 다른 문제죠. 바쁠 때는 어쩔 수 없기도 하고."

그녀는 그렇게 말하면서 노형진에게 서류를 내밀었다.

"그겁니까?"

"네, 저희 측에서 얻은 정보예요. 완벽한 건 아니지만 그래도 아예 없는 것보단 나을 거예요."

그사이에 국밥이 나왔고 손예은 변호사는 능숙하게 국밥을 말아서는 입으로 가져갔다.

"그게 뭔데?"

"술집에서 일하는 아가씨 명단."

"그걸 네가 왜 필요로 해?"

"일반 술집이 아니라, 그 새끼가 운영하는 곳이야."

"아."

권소인이 운영하는 룸살롱에서 일하는 아가씨라는 건 높은 확률로 한때 연예인이었거나 연습생이었다는 의미다.

"거기에서 일하는 사람들 명단을 다 손에 넣지는 못한 겁니까?"

"네, 그쪽과 이쪽은 아예 세계가 다르니까요. 그쪽에서 일하는 놈들은 이쪽 업계에서 받아 주지도 않고, 설사 출신 속이고 와도 떠들지도 않으니까요. 그러다 보니 얻을 수 있는 정보가 한정적이에요."

노형진은 그 말에 고개를 끄덕거렸다.

안당 마님 관련 술집들은 강제적인 성매매에 극도로 예민하게 반응하는 편이었으니까.

불법적인 성매매는 부정할 수 없는 현실이고 누구도 인정하지 않는 진실이라지만, 자발적으로 하는 것과 속아서 하는 것은 전혀 다른 일이다.

"그래도 용케 얻으셨군요."

"직접 얻은 건 아니에요. 그쪽과 연관이 있다고 의심되는 엔터테인먼트 소속이었던 가수나 연습생 명단이니까요."

"아아~."

그러면 의심스럽기는 하지만 그래도 확실한 건 아닐 거다.

"그래도 용케 얻어 내셨네요? 그쪽도 그걸 순순히 줄 리가 없는데."

오광훈도 신기하다는 듯 서류를 바라보며 말했다.

그러자 손예은이 코웃음 치며 말했다.

"발정 난 새끼들이 과연 그 가게만 가겠어요?"

"무슨 소리인지 알겠습니다."

당연하게도 일반 업소들도 다닐 테고, 그 과정에서 직원 하나 포섭해서 정보 좀 빼 달라고 하는 건 어려운 일이 아닐 거다.

직원도 그딴 짓거리를 하는 회사를 좋게 보지는 않을 테니까.

"흠……."

노형진은 그걸 받아서 봉투를 열고 하나하나 살피기 시작했다.

회사가 다르다 보니 정리된 정보도 다 제각각이었다.

누군가는 사진도 있는가 하면 누군가는 이름과 전화번호, 주민번호만 달랑 적혀 있기도 했다.

하기야 이런 걸 빼돌리는 게 쉽지는 않을 것이다.

"그리고 제가 추천해 드리는 건 더 하몽에서 일하는 순애라는 아가씨예요."

"오래된 이름이네요. 순애라니."

"어차피 가명이잖아요. 의미 없긴 하지만."

"의미가 없다고요?"

"아는 사람은 알거든요. 글로리아스의 제이빈이라 걸."

"글로리아스의 제이빈? 글로리아스는 나름 성공했잖아요? 아니, 애초에 글로리아스는 아직도 활동하는 그룹인데요?"

노형진은 그 말에 고개를 갸웃했다. 이해가 되지 않았으니까.

"제이빈은 글로리아스의 초창기 멤버예요."

"초창기 멤버라고요?"

"뜨기 전 탈퇴를 한 걸로 되어 있죠."

그랬다면 노형진이 모르는 것도 이상하지 않다.

노형진이 모든 그룹의 멤버를 다 알지는 못하니까.

"뜨기 전에 탈퇴했으면 모를 만도 하네요."

"그래서 사람들은 그녀가 기회를 놓쳤다고 생각했죠."

국밥을 잘 떠먹기 위해 반쯤 비운 그릇의 높이를 살짝 조절하면서 손예은은 언제나처럼 차갑게 말했다.

"하지만 그게 아니더군요."

"아니다?"

"팔려 간 거예요, 강제로."

"네?"

"내부 정보에 따르면 술집에서 제이빈을 요구했고, 보내 준 게 권소인이었어요."

"잠깐만요, 현재 활동하는 그룹에서 빼냈다고요?"

"글로리아스는 당시만 해도 이미 망했다고 판단되었으니까요."

디지털 싱글로 나온 두 개가 연달아 망하고 마지막으로 나온 세 번째 디지털 싱글이 성공하면서 기사회생한 게 바로 글로리아스다.

그런데 하필이면 제이빈은 2집 이후에 그만둔 것.

"그걸 누가 신경이나 쓰겠어요? 아시잖아요?"

"그건 그렇죠."

어차피 망한 그룹이라고 생각해서 멤버들이 하나둘 떠나는 건 생각보다 흔한 일이다.

"그런데 왜?"

"저희가 알아본 바에 따르면 돈이 없었어요."

그런데 누군가 제이빈에게 눈독을 들였고, 소속사에 접근해 제이빈을 넘기면 제작비를 투자하겠다고 한 모양이었다.

"제이빈이 곱게 술집으로 갔을 리가 없을 텐데요?"

"그렇잖아도 소송도 하고 별일이 다 있었다더군요."

하지만 이미 답은 정해져 있었고 소송에서 이길 수가 없었다.

"그렇다곤 해도 믿기지가 않는군요."

판사를 이미 매수했다면 이기지 못했을 거다.

하지만 제이빈 입장에서는 파산을 하든가 해서 그걸 갚지 않을 방법도 있다.

막말로 배 째라고 하면 어쩔 건가?

"제이빈이 그쪽으로 좀 끼가 있던 애입니까?"

그럴 수도 있다.

돈을 주지 않기 위해 소송하는 것과 별개로 화류계라고 해도 돈만 된다면 들어가는 사람이 존재한다.

"아니요. 그런 성향은 아니라고 해요."

"그래요? 제 생각에는 외부에는 그렇게 보였을 것 같고, 실제는 다를 것 같은데요. 그런 성향을 방송이나 팬들에게 보여 줄 수는 없으니."

"그건 저도 알아요. 주변 사람들의 증언입니다."

"흠."

그럼에도 불구하고 술집으로 끌려갔다라…….

"이유가 있나요?"

"조폭을 썼다는 생각은 들지 않으시나 봐요?"

"그런 가능성도 없진 않겠죠. 하지만 솔직히 높지는 않습니다."

조폭이야 싸고, 확실하게 먹힌다.

하지만 동시에 한때 연예인이었던 사람들이다. 그들을 조폭이 협박해서 룸살롱으로 끌고 가는 걸 기자들이 놓칠 리가 없다.

"아무리 세상 물정 모르는 어린애라도 그건 알 겁니다. 아니, 그래서 더 잘 알 겁니다."

언론에 소녀가 빚에 팔려서 술집에 끌려간다는 사실이 보도되는 순간 전 국민이 들고일어날 거다.

재판? 그 순간 재판 무효 소송이 이루어질 테고, 판사가 권소인에게 얼마나 받았는지 모르지만 절대로 권소인 편을 들어 주지는 않을 것이다.

"단순히 빚 때문에 술집에 간다고 하기에는, 요즘 애들이 아예 바보는 아니거든요."

설마 변호사 한 명 찾아가지 못할 정도로 바보는 아닐 테니까 파산이나 기타 다른 방법이 있다는 걸 모르지는 않을 거다.

"저도 그래서 좀 더 조사해 봤어요. 그런데 결국 돈이 문제더군요."

"돈?"

"제이빈이 다른 멤버들과 가장 차이가 나는 게 뭔지 아세요?"

"뭔데요?"

"집안요."

"설마?"

"가난하게 살아요, 엄청. 그걸 갚아 줄 능력도 안 돼요. 그에 비해 글로리아스의 다른 멤버들은 부모님들이 능력이 되구요."

그 말에 노형진은 긴 한숨을 내쉬었다.

"결국 그 지경까지 왔군요."

"응? 그게 뭔 소리야? 이게 뭐가 그 지경이야? 뭐, 가난하면 연예인 못 해?"

오광훈이 당황한 얼굴로 쳐다보자, 노형진이 고개를 가로
저었다.

"아니, 그건 아니지. 과거에는 연예인이 가난하고 재능 넘
치는 사람의 마지막 카드였던 시절도 있으니."

"그런데?"

"하지만 지금은 아니야. 연예계도 부자들의 잔치가 되어
버렸지."

"부자들의 잔치?"

"그래. 요즘은 최소한 아이들의 생활비를 댈 수 없다면 못
버텨."

요즘은 초등학생 때부터 연습생 생활을 한다고 한다.

그나마 집이 서울이면 어떻게 집에서 왔다 갔다 한다지만
그러기 어려운 경우도 많다.

"그러면 누군가 함께 있어야 하지."

일도 못 하고 아이만 케어해야 한다.

그러면 그게 끝이냐?

아니다.

아이에 대한 투자는 소속사에서 하지만 그건 어디까지나
엔터테인먼트와 관련된 투자다.

보컬이나 댄스 같은 건 분명 투자한다.

하지만 글로벌 시대라서 영어까지 해야 하는데 정작 교육

을 해 주는 곳은 상위 몇 곳뿐이다.

"그나마 엔터테인먼트조합에서도 영어 교육을 같이 하긴 하지만 말이지."

아무도 해 주지 않는다면 결국 누가 가르쳐야 할까? 당연히 부모다.

그런데 연예인 지망생이라는 애가 매일같이 후줄근한 옷만 입고 다니게 할 수는 없다. 그러니까 옷도 사 줘야 한다.

그리고 대형 엔터테인먼트 회사들은 아이가 일정 이상의 학교 성적을 유지하지 않으면 방출시켜 버린다.

왜냐하면 연습생으로서 인생을 몰빵 했다가 데뷔를 못 하면 그대로 인생이 망가지기에, 데뷔하지 못했을 때의 인생도 대비하라는 거다.

그런데 다른 아이들과 달리 연습생은 시간이 없다.

학원을 뺑뺑이 돌릴 시간은커녕 밥 먹을 시간도 부족하다.

그러면 어떻게 성적을 유지할까? 당연히 과외를 붙여야 한다.

"문제는 그것도 결국 돈이라는 거지."

모든 게 돈으로 시작해서 돈으로 끝난다.

"개천에서 용 나는 기적? 애석하게도 이제는 안 돼. 엔터테인먼트조합 소속이 아니면, 문제는 이런 놈들이 윤리를 심하게 따지는 엔터테인먼트조합에 들어올 리가 없다는 거지."

"맞아요. 글로리아스의 소속사는 조합 소속이 아닙니다."

손예은이 노형진의 말에 첨언했다.

그러나 오광훈은 여전히 이해하기 어려운 눈치였다.

"그게 문제야? 재능이 있어서 써먹을 수도 있잖아?"

"그럴 수도 있지. 하지만 제이빈의 사례를 봐. 그룹이 망했다면 멤버들 모두를 술집으로 돌렸겠지. 그런데 실제로는 힘이 없는 딱 한 명만 술집으로 돌렸어."

"그랬지."

"이건 최악의 가정이기는 한데."

노형진은 눈을 찡그리며 말했다.

"스페어가 아닐까 싶어."

"스페어?"

"그래. 이런 사태가 벌어지면 돈을 융통하기 위한."

그 말을 들은 오광훈의 눈에 분노가 차올랐다.

"이런 개 같은 새끼들을 봤나!"

"후우."

물론 그게 아닐 가능성도 무시 못 한다.

하지만 영 찝찝한 느낌을 지울 수가 없었다.

"우연일 가능성은 없는 거야?"

"뭐, 우연일 가능성도 있지. 하지만……."

인간이라면 다 지키든지 다 안 지키든지 하는 게 일반적이다.

딱 한 명을 빼서 '너만 나가!'라고 하지는 않는다.

그리고 보통 그런 경우 멤버들이 지키려고 한다.

혼자서 나가는 경우는 보통 더 이상 이곳에 미래가 없다고 생각해서 조용히 탈퇴하는 경우다.

"그런데 말했잖아, 가난한 애가 유일한 성공 가능성을 포기하고 나가겠냐고."

어떻게 해서든 악착같이 버텨서 성공하려고 할 거다.

"그런데 상황을 미루어 봐서는, 소송까지 해서 내보냈단 말이지. 멤버들은 그걸 그냥 두고 보고."

"설마?"

"멤버들 사이에서도 왕따를 당했을 가능성이 높다는 거지."

노형진의 말에 막 그릇을 비운 손예은 변호사가 고개를 끄덕거리며 말했다.

"맞아요. 팀 내부에서도 불화가 있었어요. 말이 불화지 그냥 일방적인 왕따였다고 하네요."

"이유는요?"

"가난하다고요."

"허, 지랄 났네, 아주."

노형진은 그 말에 고개를 절레절레 흔들었다.

"아예 처음부터 술집에 보내는 용도로 뽑았다 이건가?"

"불가능한 건 아니지."

노형진은 머리를 긁적거렸다.

실제로 그런 엔터테인먼트가 존재했으니까.

노형진이 엔터 업계에서 가장 먼저 한 것 중 하나가 그런 기업들을 박멸하는 거였다.

"맞아요. 룸살롱에서 방송계 출신이라는 타이틀은 생각보다 가치가 높아요."

손예은 변호사 역시 인정한다는 듯 말했다.

"방송계 출신이라고 하면 시간당 가격이 엄청나게 달라지죠."

"흠, 내가 그쪽은 잘 몰라서요."

물론 오광훈이 룸살롱 쪽을 모른다는 말이 아니다. 방송계 출신의 페이를 모른다는 거다.

"일반적으로 현재 룸살롱이라고 불리는 곳은 시간당 페이가 100만 원 정도라고 보시면 돼요. 에이스라면 한 150만까지 하겠죠."

일반인들은 미쳤냐고 할지도 모르지만 상위 1% 안에 들어가는 그런 술집들의 가격이 그 정도다.

그리고 그 돈을 써도 티도 안 나는 놈들이 천지다.

"하지만 연예인 출신들은 시간당 300~400만 원 정도예요."

"허? 그런데 그 빚을 못 갚는다고요?"

"말장난이죠."

술값이 총 300만 원이라고 치면 거기에서 소위 봉사료라고 하는, 여자에게 주는 돈은 20만 원 정도로 책정하고, 그 안에서 먹는 과일이나 맥주 등의 가격이 280만 원이다.

양주는 아예 별도 구매이기 때문에 거기에 끼지도 않는다.

"그리고 사채 이자 수준이 진짜 미쳤죠."

"사채를 안 쓸 건데도요?"

"네. 그게 웃긴 게, 안 쓰는 게 아니라 계약이 그래요."

예를 들어 하루 할당량이 1천만 원이다? 그런데 그날 날씨가 안 좋아서 200만 원 팔았다? 그러면 800만 원은 그대로 사채로 돌변하는 거다.

물론 극단적인 부분이기는 하지만, 그런 식으로 구조적으로 절대 빚을 갚지 못하게끔 되어 있는 게 바로 그런 술집들이다.

"그걸 그냥 둔다고?"

오광훈은 어이가 없다는 듯 혀를 끌끌 찼다.

"그 바닥이 원래 그래요. 되게 고전적인 수법이죠. 화류계에서도 90년대 이후에는 사라진 수법이에요."

"그건 아는데."

오광훈이 그걸 모를 리가 있겠는가? 그 시절을 겪은 인간일 텐데.

"법을 집행하는 놈들은 어느 순간 보호할 가치가 있는 사람과 보호할 가치가 없는 사람을 구분하기 시작했지. 슬프게도 말이야."

"아…… 씹."

지금은 화류계라 해도 경찰에 신고하면 보호해 준다.

화류계에서 종종 강간 사건이 터지는 이유도 그거다.

누가 봐도 성매매 업소인데 나중에 가서 강간이라고 우길 수 있는 것도, 설사 화류계에 근무한다고 해도 여성의 성적

자기 결정권은 보호 대상이기 때문이다.

하지만 보호 대상이 아닌 착취 대상이 된 사람은 아무리 도와 달라고 해도 철저하게 무시당할 뿐이다.

염전 노예가 그랬고 성 노예가 그랬다.

한국의 법 집행 조직들에게 그들은 딱히 도움이 안 되는, 보호해 줄 이유가 없는 사람 이하의 존재이기 때문이다.

"이걸 신고해도 언론에서 이 문제에 대해 조사하는 놈을 조져 주겠죠."

당연히 신고도 못 하고 저항도 못 한다.

"흠, 이걸 어쩐다?"

"뭘 어째?"

오광훈의 말에 노형진은 어이가 없다는 듯 말했다.

"너 검사야, 인마."

"아니, 그거야 그렇지. 하지만 알잖아. 나보고 여기 털어 달라는 거 같은데, 미안하지만 이거 영장 안 나와."

성매매 업소를 습격하는 건 어려운 일이 아니다.

하지만 습격이 성공하는 사례보다 실패하는 사례가 많다. 왜 그럴까?

"영장 단계에서부터 정보가 술술 샌다. 모르냐?"

"알지."

영장 청구하면 일단 담당 직원이나 판사가 성매매 업소에 정보를 흘려 주고, 습격하기 위해 경찰에 협조를 요청하면서장이 한 번 더 경고해 주고, 경찰이 모이기 시작하면 경찰이 한 번 더 정보를 흘린다.

그래서 단속하겠다고 경찰들을 데리고 우르르 몰려가면 문 앞에 '금일 휴업' 따위가 붙어 있는 게 일반적이다.

"단속을 왜 해?"

"뭐? 단속 안 한다고?"

"뭘 들었어?"

어이가 없다는 듯 바라보던 노형진은 손예은에게로 시선을 돌렸다.

"그거 어디 있어요?"

"여기 있습니다."

자신의 가방에서 하얀 봉투를 꺼내서 건네는 손예은 변호사.

노형진은 그 안의 내용물을 확인하고는 오광훈에게 넘겨주었다.

"이거 봐 봐."

"이게 뭔데?"

"투서."

"투서?"

"그래."

투서.

과거에는 뭔가를 제보하거나 반역을 밀고할 때 돌에 편지를 묶어서 던지곤 했다. 들고 가면 잡혀 들어가 역으로 당할 가능성이 크기 때문이다.

그래서 '투서投書'라 불렸고, 지금도 은밀하게 뭔가를 제보하는 하나의 방법이었다.

"이건……."

"누군가의 투서지."

내용은 간단했다.

자기네 가게에서 납치 및 성매매가 이루어지고 있다, 그리고 경찰과 검찰이 비호하고 있다, 양심의 가책상 신고하지만, 지역 경찰을 믿어서는 안 된다는 내용의 투서.

"오호라."

오광훈은 그걸 보면서 눈을 반짝거렸다.

"투서의 핵심은 익명성이지."

그랬기에 그게 누군지 찾지 않는다.

아니, 찾아도 못 찾았다고 둘러대면 그만이다.

이를 반대로 말하면, 없는 사람을 만들어서 투서하는 것도 가능하다는 거다.

윗대가리가 투서를 싫어하는 이유가 바로 그거다.

투서의 대부분은 증거 없이 편지만 딸랑 오는데, 그걸 믿고 수사하자니 거짓일 수도 있고 안 하자니 부패 세력을 비호하는 걸로 보일 수 있다.

"여기 투서대로라면…… 이야, 이게 처리되지 않으면 언론사에 제보하겠다는데?"

노형진은 싱글벙글 웃으며 말했다.

그렇잖아도 은행까지 줄줄이 엮여 들어간 시점.

이 상황에서 검사와 경찰 그리고 판사까지 신황금파에서 돈을 받고 사건을 덮는다고 하면 과연 국민들이 안 믿을까?

노형진의 말에 오광훈도 감이 왔는지, 눈에 생기가 돌았다.

"내가 검찰의 명예를 위해서라도 조져 놔야겠네."

"그렇지. 너는 지금 검찰의 명예를 드높이는 거야."

"그럼, 그럼. 그나저나 현지 경찰을 믿을 수가 없으니 어쩐다."

"강남서잖아. 뭐, 저기 지방경찰서에 협조를 요청하면 누가 뭐라고 하겠어?"

아무리 빡세게 관리한다 해도 설마 강원도나 전북 경찰서까지 관리할 리가 없다.

"완전 재미있겠는데? 그러면 나는 바로 준비하러 간다."

오광훈은 씩 웃으며 자리에서 일어났다.

그 순간 손예은 변호사가 손을 번쩍 들었다.

"하실 말씀이라도?"

"이모, 여기 공깃밥 하나 추가요."

그 말에 오광훈은 머쓱하게 고개를 돌렸다.

전국구 조폭 신황금파

투서의 힘은 생각보다 강하다.

거기에 언론이 붙어 있으면 더 강해진다.

그런데 심지어 그 언론이 가장 말을 듣지 않는 코리아 타임라인이라면 절대 무시할 수 없게 된다.

"당신들 뭐야! 여기가 어디라고 감히 몰려와!"

건장한 사내들이 몰려오자 당황한 기도가 목소리를 높였다. 아마도 어디서 조폭들이 어설프게 설치는 줄 안 모양이다.

"검찰이다."

"검찰?"

"문 열어."

"지랄."

그 말에 오광훈의 눈썹이 순간 꿈틀거렸다.

"지금 뭐라고?"

"지랄이라고 했다. 너 영장 있어?"

"허?"

도대체 얼마나 자신만만하기에 검사에게 지랄한다고 말한단 말인가.

하지만 순간 노형진이 해 준 말이 생각났다.

—아마 절대로 말을 듣지 않을 거야. 무조건 밀고 들어가야 해. 네가 거기서 주춤하는 순간 위에서 바로 철수 명령이 떨어진다.

보안을 위해 각 지역의 경찰들에게 도움을 요청하고 스타 검사들도 끌고 왔다.

그럼에도 불구하고 노형진은 무조건 힘으로 밀어붙이라고 했다.

—네가 뭘 하든 이건 흐지부지 덮여 버릴 거야. 그 전에 터트려야 해.

노형진이 그렇게까지 말한 이유는 간단하다.

실제로 회귀 전에 권소인의 술집에서 비상사태가 터진 적이 있기 때문이다.

그 당시 피해자가 도리어 구속당하고, 운영하던 기업이 망했을 뿐 아니라 막대한 손해배상까지 해야 했다.

심지어 그 피해자를 도와서 진실을 찾으려 하던 경찰 중 누군가는 좌천당하고 또 다른 누군가는 의문사까지 당했다.

당연하게도 권소인은 어떤 처벌도 받지 않았다.

그걸 알고 있는 노형진이기에 권소인이 생각보다 힘이 강하다는 걸 알고 있었고, 그랬기에 전혀 엉뚱한 교통사고 관련 사건임에도 불구하고 권소인의 손과 발을 자르는 데 집중하고 있는 거였다.

소문으로는 청와대까지 나서서 덮으려고 난리였다고 하니까.

물론 이제 과거의 정권과 전혀 다른 정권이 들어섰으니 청와대가 연관될 일은 없겠지만, 그 정도로 강력한 권력을 가진 놈들은 여전히 존재할 거다.

그런 소문이나 전적을 생각했을 때 제대로 하지 않으면 권소인은 절대로 처벌받지 않을 것이다.

"검사님, 어떻게 합니까?"

아무리 경찰이 다른 지역에서 왔다 해도, 그리고 스타 검사가 있다 해도 문을 부수고 들어가는 건 전혀 다른 문제다.

언론에서 개같이 물어뜯으면 제아무리 스타 검사라고 해도 정당성이 사라질 거다.

"아, 걱정하지 마세요. 방법이 있으니까."

"어떤 방법요?"

그 순간 건물 안에서 갑자기 총소리가 들렸다.

탕탕탕.

연달아 터지는 세 발의 총성.

그런데 세 번째 총소리는 첫 두 발과 달랐다.

그리고 그 소리에 오광훈의 얼굴이 굳어졌다.

'일이 틀어졌다.'

원래 계획은 단순히 문을 때려 부수는 게 아니었다.

경찰을 손님으로 속여서 투입시키고 제이빈을 지명한다.

그리고 제이빈을 소위 말하는 2차, 즉 성매매를 핑계로 밖으로 끌어내 현장에서 증언을 받은 후에 그걸 근거로 돌입하는 것이었다.

그런데 총기가 발사되었다? 그건 일이 잘못되었다는 거다.

더군다나 발사된 총알이 세 발이다.

경찰 규정상 처음 두 발은 공포탄이지만 세 번째는 실탄이다. 이는 즉, 안에서 실탄이 터졌다는 소리다.

최악의 경우, 그러니까 경찰이 쏜 총이 아닌 경우에는 범인들이 소유한 총기를 경찰에게 사용했다는 의미일 수도 있었다.

"총기 사건이다!"

"총소리야!"

그 소리에 경찰들은 얼굴이 굳어지고 일부는 허리춤의 총에 손을 올렸다.

한국은 총기류를 철저하게 불법으로 취급한다.

더군다나 과거에 만민구원회, 속칭 만구파라 불리는 사이비 종교에서 쿠데타를 위해 자동소총과 대전차미사일, 심지어 지대공미사일까지 준비한 적이 있었기에 총기라고 하면 눈깔이 돌아갈 수밖에 없었다.

"비켜, 이 새끼들아!"

"어어."

기도들도 총소리에 당황해서 몸이 굳었다.

그러자 경찰 두 명이 그들에게 달려들어서 그대로 패대기쳤다. 그리고 주저하지 않고 그들의 손목에 수갑을 채웠다.

"들어가세요!"

"돌입!"

순식간에 몰려들어 가는 경찰들.

그리고 안에서 비명 소리와 총소리가 동시에 들려왔다.

탕!

"꺄아아악!"

"저쪽이다!"

공식적으로 구출 작전이라지만 총기 사용은 계획에 없었다. 그저 비상용이었을 뿐이다.

쾅!

오광훈은 문을 열고 총소리가 난 곳으로 들어갔다.

그리고 그곳에서 벌어진 상황을 보고 눈깔이 돌아갔다.

피를 흘리는 남자 두 명, 그리고 총을 든 남자 한 명.

피를 흘리는 남자들 뒤에는 여자들이 있었는데, 그중 한 명은 아는 사람이었다. 다름 아닌 제이빈.

"꼼짝 마! 경찰이다!"

"으헉!"

경찰들도 눈이 돌아갔다.

왜냐하면 총에 맞아서 쓰러진 게 자신들의 동료였으니까.

한 명은 다리에서 피를 흘리고 있었고, 다른 한 명은 가슴에서 피가 흘러넘치고 있었다.

"어어."

기도로 보이는 남자는 다급하게 총기를 내던지고는 손을 번쩍 들었다.

"구급차 대기시켰지? 바로 보내. 그런데 어떻게 된 거야?"

그러자 다리에 총을 맞았지만 아직 기력이 있는 경찰이 일단 상황부터 설명했다.

"저희가 제이빈을 부른 것까지는 좋았습니다."

제이빈을 데리고 나가려고 했다.

그런데 갑자기 직원들이 몰려와서 제이빈과 다른 여자를 끌고 가려 했던 것.

'어디선가 샜구나.'

분명 어디선가 정보가 샜고, 그걸 알게 된 놈들이 신고를 막기 위해 제이빈과 여자를 끌어내려고 한 것이었다.

문제는 그들이 경찰이라는 사실을 알고 지금이 아니면 영원히 여기서 벗어나지 못할 거라 느낀 제이빈이 살려 달라고 매달렸다는 것이다.

당연히 두 사람은 경찰로서 피해 여성 두 명을 구하기 위해, 끌고 가려는 직원들과 대치해야 했다.

"끙."

그 와중에 상황을 모르는 경찰이 돌입하기 위해 몰려와서 타이밍이 엇나갔고, 다급해진 술집 직원들이 주방에 있던 칼 같은 흉기를 들고 위협해서 총기를 꺼낼 수밖에 없었는데, 이 미친놈들이 달려들어서 엎치락뒤치락하다가 세 발이 발사되고 그는 다리에 맞은 것이었다.

"그러면 저 사람은?"

다급하게 실려 나간 자리에 피가 흥건한 흔적을 보면서 오광훈은 분노로 이를 갈았다.

"총기를 빼앗고는……."

총기를 빼앗겼다 해도 여자들을 그들의 손에 넘겨줄 수는 없는 법. 멀쩡한 경찰이 끝까지 저항하자 저놈들이 주저하지 않고 총을 쐈다는 거다.

"이 개 같은 새끼가!"

오광훈은 그대로 몸을 돌려서 손을 번쩍 들고 있는 범인의 아구창을 그대로 날려 버렸다.

"으억! 검찰이 사람 팬다!"

"뭐? 팬다? 그래, 어디 한번 뒈져 보자! 이제 와서 인권을 찾아? 씨팔, 조가튼 새끼야!"

남의 인권은 개똥만도 못하게 생각하면서 자기 인권 찾아 대는 놈에게 눈깔이 돌아간 오광훈은 주먹질을 멈추지 않았고, 범인의 강냉이가 사방으로 튀었다.

"이 새끼 치료해 주지 마!"

"네?"

"해 주지 마! 끌고 가서 가둬 버려!"

그사이에 도착한 구급대원은 그들에게 혼란스러운 시선을 보냈다. 환자 한 명이라고 들었는데 두 명으로 늘었으니까.

그러더니 힐끔, 바들바들 떠는 범인을 보고는 쓰러진 경찰을 데리고 밖으로 나갔다.

"싹 다 털어. 영혼까지 털어. 마약을 감춰 놨을 수도 있으니까. 아니, 분명 있어. 사장실까지 싹 다 털어. 벽까지 싹 다!"

"네, 검사님."

"다 뒈졌어."

오광훈은 오랜만에 눈깔이 돌아가서 길길이 날뛰었다.

⚖

"이야, 오광훈이 안 죽었네."

한만우 회장은 이야기를 들으면서 피식하고 웃었다.

"강냉이 탈곡기가 어디 안 가죠."

"강냉이 탈곡기?"

"오광훈 검사가 초반에 얻은 별명입니다. 범죄자들 강냉이를 하도 털고 다녔다고요."

"하하하!"

그 말에 한만우 회장은 이해가 간다는 듯 웃었다.

'어쩔 수 없었지.'

지금이야 오광훈이 많이 배우고 시간이 지나서 어엿한 검사가 되었지만, 그 당시만 해도 검사보다는 조폭에 가까운 상황이었으니까.

그런 놈이 뚜껑이 열렸으니 강냉이가 털리지 않을 리가 없다.

"그래서 그걸 덮으려고 날 찾아온 건가?"

"그건 아닙니다."

"그러면?"

"신황금파에 대해 이야기해 보려고요."

"신황금파라······. 솔직히 말해서 난 듣도 보도 못한 놈들이야."

한만우는 소파에 기대어 담배를 빨면서 말했다.

노형진에게 조직의 양성화를 의뢰했던 한만우는 이제 한 사람의 회장이 되어서 기업을 컨트롤하고 있다.

하지만 여전히 전국구 조폭으로 강력한 힘을 가지고 있고,

그 아래에서 기업에 적응하지 못한 멤버들이 여전히 조직원으로 활동하고 있다.

당연히 그는 한국의 어지간한 조폭 계보는 꽉 쥐고 있었다.

"신황금파? 그런 놈들은 없어."

"알고 있습니다. 그거 사실 제가 만든 가짜 조직이거든요."

"가짜 조직?"

노형진은 이제까지의 상황을 설명했다.

그제야 상황을 이해한 듯 한만우는 고개를 끄덕거렸다.

실제로 경찰이나 외부에서 이름을 붙이는 경우가 없지는 않으니까.

"뭐, 이런 놈들이 있다면 조폭이라고 이름 붙일 만하지. 그런데 그거랑 내가 무슨 관계인가?"

"익명의 인터뷰를 좀 해 주세요. 아니면 아랫사람을 시켜 주시든가."

"왜?"

"신황금파의 존재를 증명하기 위해서요."

"이미 은행에서 한 놈 조져 놨다며?"

"그놈은 스스로 신황금파가 아니라고 주장하고 있고, 애초에 그놈 하나로 증명하기는 힘들죠."

"그건 그렇겠지."

"그러니까 이 바닥에 있는 누군가가 존재를 증명해 주는 거죠."

노형진이 설계한 함정은 간단했다.

누군가가 신황금파를 전국구 조폭으로 인정하고 수사 대상에 올라가게 하는 것.

그러기 위해서 신황금파는 존재하는 조직이 되어야 하며 그 이름으로 온갖 범죄를 저질러야 한다.

"그리고 범죄의 영역은 이미 이루어지고 있는 상황입니다."

현장에서 구조된 것은 제이빈만이 아니었다.

연습생이었던, 또는 무명의 가수였던 여자들과 심지어 남자들까지 경찰에 구조되었고, 오광훈은 그들을 안전을 이유로 모조리 지방경찰청으로 보내 버렸다.

"강남경찰청장이 가만히 있던가?"

"네. 아마 자기가 좆 된 걸 알 겁니다. 누군가가 정보를 흘렸다고 하더군요."

"정보를 흘려?"

"네. 그런데 그걸 아는 사람이 거의 없었거든요."

정확하게는 검찰 상부와, 동원된 스타 검사들 정도.

"다만 경찰의 경우는 어느 정도 협조나 지역 문제가 있어서 서장에게만 알려 줬죠."

"무슨 소리인지 알겠군."

그 말인즉슨 이 정보를 흘린 게 강남경찰서장이라는 소리다.

그리고 강남경찰서장은 켕기는 게 있으니 찍소리 못 하고 있을 거라는 거다.

"거기다 총격 사건까지 있었으니까 일이 커질 거라 생각하겠죠."

"흠."

"그러니 회장님이 좀 도와주셔야 합니다. 이걸 도와주실 분은 회장님뿐입니다."

"알 만한 사람은 안다, 이건가?"

"맞습니다."

공식적으로 한국에 전국구 조폭은 없다.

경찰도, 검찰도 그걸 인정하지 않고 있다.

한국에 있는 조폭들은 그저 그런 작은 규모의 조폭들뿐이다.

하지만 비공식적으로 한국에는 분명 전국구 조폭이 존재하며 그들은 경찰, 검찰과 알음알음 손잡고 있다.

한만우 역시 그런 조폭을 이끄는 인물.

"내가 인정하면 그놈들은 전국구 조폭이 된다 이거군."

"맞습니다."

"흥미로워."

존재하지 않고 실체도 없는 조폭이 전국구 조폭, 그것도 경찰과 검찰까지 관련된 조폭이 된다면 아무리 언론에서 물고 빨고 덮어 주려고 할지라도 절대로 덮을 수 없다.

"내 적당한 사람을 추천해 주도록 하지."

"감사합니다."

"감사야 뭐, 돈으로 하는 게 정답 아니겠나?"

한만우는 미소를 지으며 말했다.

신황금파, 아니 권소인이 망해서 나가면 누군가는 그곳을 먹어야 한다.

"그래서 거기가 어디라고?"

⚖

언론은 처음에는 필사적으로 국민들을 선동하고 검찰이 부당한 권력을 이용한다고 이야기하려고 했다.

하지만 경찰 두 명이 총에 맞고 결국 한 명이 사망하는 사태까지 벌어지자, 아무리 권소인을 편들어 주고 싶다 해도 그럴 수가 없게 되었다.

애초에 권소인이 언론계와 친해 봐야 이사급 정도고, 사장급에서 개짓거리하지 말라고 압력이 내려오는데 국민들이 다 아는 경찰 사망 사건을 덮을 수는 없었다.

그랬기에 오광훈의 강냉이 탈곡 사건은 흐지부지 끝났다.

그리고 얼마 지나지 않아 현직 폭력배의 인터뷰가 이슈가 되었다.

신황금파는 한국을 양분하는 3대 조직 중 하나다. 다른 조직과 다른 점은, 다른 폭력 조직은 말 그대로 폭력 조직인 데 반해 신황금파는 경찰과 검찰 그리고 법조계뿐만 아니라 정치계와 언론계까지 연관되어 있는 일종의 거대 카르텔이라는 것이다.

현직 조직원인 양 모 씨의 증언에 따르면 신황금파 내의 조직은 폭력 조직이라기보다는 권력가들의 하청에 따라 움직이는 수준이며 모든 권력은 부패 권력자들이 쥐고 있다고.

신황금파 조직의 기업들은 여자들을 수급하기 위해 엔터테인먼트를 운영하기도 하며, 적당한 대상이 나타나면 출연 금지를 걸어서 회사를 망하게 하기도 한다고 한다. 그 과정에는 국회의원에서부터 방송국 전반이 관여하며……(중략)……이번 습격 사건 역시 강남경찰서장이 정보를 누설한 것이다.

강남경찰서장은 단순히 서장이 아니라 경찰 내 핵심 인사다. 즉, 승진을 위해 굴러가는 자리라는 거다.

그 말은 현재 신황금파가 대한민국 내에 스며들어서 밀고 끌기를 반복하며 한국을 거대한 조폭 집단으로 변화시키고 있다는……(하략)…….

코리아 타임라인의 뉴스는 나라를 발칵 뒤집기에 충분했다.

그렇잖아도 과거에 그런 조직이 한둘이 아니었다.

대중에게 잘 알려지지 않았을 뿐 청계 사건은 나라가 뒤집힐 정도의 사건이었고, 그 사건으로 인해 법조계에 피바람이 불었던 것을 법조계는 똑똑히 기억하고 있었다.

그런데 법조계도 아니고 고작 조폭 따위가 나라를 통째로 먹으려고 했다는 사실에 다들 분노하고 박멸하라고 난리였다.

그리고 코리아 타임라인에 실린 마지막 한 줄은 누군가에게는 말 그대로 지옥이 열리는 글이 되었다.

　-얼마 전에도 신황금파의 보스를 지키기 위해 언론과 경찰 그리고 검찰이 총력을 다해서 사건을 덮은 일이 있었다고 한다. 그 결과, 현재 해당 사건은 기소는커녕 범인을 소환조차 하지 않았다고 하며……(후략)…….

검찰과 경찰이 총력을 다해서 덮으려고 한다.
충격적인 말이었다.
검찰과 경찰의 존재 의의가 뭔가? 그런 놈들을 때려잡으라고 있는 거 아닌가?
그런데 그런 놈을 지키기 위해 총력전을 한다는 사실에 그 사건이 뭔지 다들 궁금해했다.
그리고 당사자는 그걸 알고 있었다.
"내가 신황금파 보스라고?"
"그런 소문이 돌고 있습니다."
"니미 씨팔. 뭔 개소리야? 황금파는 개뿔, 돈도 없어 뒈지겠는데."
이름만 들어서는 황금을 쌓아 두고 있는 것처럼 보이지만 사실 권소인에게는 그 정도 돈이 없다.
성공한 사업가인 것처럼 행동하고 실제로 많은 돈을 벌기

야 했다지만 현금 자산은 얼마 없다. 현금은 투자자들에게
정산해 주기 바빴으니까.

그나마 있는 것도 뒈진 애새끼들 공탁을 거느라고 다 날린
상황.

"미치겠네. 왜 일이 이렇게 굴러가지?"

자칭 밤의 노형진이라던 권소인이지만 진짜 노형진은 아
니다.

사건의 관계를 제대로 엮을 줄도 모르고 영향력도 판단할
줄 모른다.

쉽게 그리고 편하게 범죄행위로 돈 벌 줄만 알아 온 그가
이 모든 게 자신을 죽이기 위해, 그리고 자신과 관련된 사건
에서 시작되었다는 걸 이해할 수 있을 리가 없었다.

"난 억울해! 억울하다고!"

당장 그는 숨통이 막혀서 미칠 것 같았다.

일이 틀어지고 있다는 걸 과연 투자자들이 모를까?

투자자들은 투자금을 환수하겠다고 난리고, 건물을 팔면
자신은 개털이다.

더군다나 납치 사건이 터진 건물은 조사 중이라 팔 수도
없다.

"미치겠네."

악마가 자신의 숨통을 조이는 것을 느끼면서 권소인은 넥
타이를 풀어 버렸다.

자신이 성공한 사업가라는 걸 증명하기 위해 목에 언제나 걸고 다니던 명품 넥타이였다.

하지만 이 순간만큼은 자신의 숨통을 조이는 사형대의 목줄 같았다.

⚖️

강남경찰서장, "나는 신황금파가 아니다."

강남경찰서장은 다급하게 기자회견까지 했지만 정보가 누설된 것에 대해서는 모른다면서 딱 잡아뗐다.

"어떻게 생각해?"

"저 새끼 맞을걸."

노형진은 오광훈의 질문에 당연하다는 듯 말했다. 그러면서 오광훈을 타박했다.

"아니, 진짜 우리도 다른 곳에서도 좀 먹자. 왜 만날 때마다 돼지 국밥인데?"

"나 지갑 홀쭉하다."

"지랄 났네. 돈 많잖아?"

"강냉이 날려서 1개월 감봉이란다."

"너 투자한 돈은?"

"얀마, 내가 그거 받아서 생활하려면 자연이한테 얼마나 빌어야 하는지 아냐? 어?"

"천하의 오광훈이가 용돈 받아서 생활하냐?"

"유부남이 다 그렇지, 뭐."

오광훈은 툴툴거리면서 돼지 국밥을 입에 욱여넣었다.

"노후 준비해야 한단다."

"노후에 뭐, 펜트하우스 짓고 살려고?"

"그렇게 될지도 모르겠다."

오광훈은 툴툴거리면서 입을 내밀더니 말했다.

"그나저나 이 정도 되면 권소인 조질 준비는 끝난 거 아니냐?"

"반은 끝났는데 반은 안 끝났어."

"이 꼴인데도 권소인을 지킨다고?"

"권소인이 망하면 받지 못하는 돈이 생기기 마련이니까."

"아아~."

아예 망하는 것보다는 그래도 살아남아야 자기 돈을 갚아 줄 거라는 생각. 그 생각에 아예 조져 버릴 수는 없다는 거다.

물론 방송계에서 퇴출은 되겠지만 당장 사건을 덮으려는 노력은 사라지지 않을 거라는 거다.

"실제로 언론에서 미묘하게 이 사건을 잘 보도하지 않잖아?"

"그건 그렇지. 이해가 안 간다 싶더라니."

물론 아예 보도되지 않는 건 아니다.

하지만 다른 사건의 보도 빈도와 비교하면 미묘하게 낮고, 결정적으로 마치 사건이 다 끝났다는 식으로 떠드는 언론사가 많다.

"자기들도 아는 거지, 여기서 일이 더 커지면 자기 돈을 날린다는 걸."

"그러면 어쩐다. 이대로 두고 볼 수는 없잖아?"

지금 권소인을 조진다면 조져지기는 할 거다.

하지만 노형진은 이참에 권소인과 엮인 쓰레기들을 죄다 날려 버릴 생각이었다.

돈에 눈이 멀어 젊은이들을 인신매매한 놈들이다. 그런 놈들이 방송계에서 멀쩡하게 활동하게 둘 수는 없다.

방송계에서 하는 말이 있다, 방송계의 80%는 생양아치라고.

이를 반대로 말하면, 이번에는 권소인이지만 다른 누군가가 총대를 멘다면 실제로 같은 범죄를 저지를 놈이 넘쳐 난다는 뜻이다.

문제는 진짜로 전직 연예인이나 전직 매니저가 성매매 하라고 위협하는 게 딱히 드문 일은 아니라는 거다.

"뭐, 간단해."

"뭐가?"

"우리한테는 피해자들이 있잖아."

그리고 그들이 과연 방송계 사람들의 얼굴을 모를까?

"그걸 터트리면 그만이야."

"아아~."

물론 실명으로 터트리지는 못한다.

한때 연예인이었던 사람이 추락해서 성매매를 했다고 구설수에 올라가고 싶지는 않을 테니까.

"하지만 그런 거 하라고 변호사가 있는 거 아니겠어?"

노형진은 제법 두툼한 가방을 툭툭 치며 말했다.

"넌 터트리고 때려잡고?"

"신황금파는 이제 역사에만 남아야 하지 않겠어?"

실제로 존재한다는 것을 증명했으니 이제 역사에서 퇴장시킬 시간이었다.

⚖️

사람들의 입소문이란 무섭다. 존재하지 않는 것도 입소문을 타기 시작하면 사실이 된다.

예를 들어 한국에서 일부 사람들에 의해 거의 먹으면 죽는 독극물처럼 이야기되는 MSG만 해도, 과학적으로 톤 단위로 먹어도 전혀 문제가 없는 물질이라는 게 밝혀졌다.

하지만 한국에서는 여전히 MSG를 안 써야 좋은 음식이고 착한 식당이라고 떠든다.

그러면서도 정작 MSG를 넣지 않으면 맛없다고 또 그 식당에는 가지 않는다.

이처럼 한번 사람들에게 선입견을 박아 넣으면 이후에 그걸 고치는 건 거의 불가능에 가깝다.

신황금파 역시 마찬가지다.

분명 존재하지 않는 조직임에도 불구하고 이제는 존재한다고 사람들이 믿고 있었다.

정확하게는, 신황금파는 미성년자들을 착취하기 위해 기존 조폭과 다른 기득권들이 뭉쳐서 만들어진 조직이라고들 생각하고 있었다.

"아니, 어떻게 그럴 수가 있어요?"

"그러니까. 고작 중 3짜리 연습생한테 접근해서 룸살롱 나오라고 협박했다면서요?"

"우리 회사에도 있을까요?"

방송국에서 떠드는 작가들.

"있을지도 모르지. 생각보다 곳곳에 숨어서 서로 당겨 주고 밀어준다잖아."

"와, 미치겠네."

소문은 소문을 낳는 법이다.

물론 권소인은 미성년자를 건드린 전적이 있다. 다만 룸살롱으로 끌고 가지는 않았을 뿐.

그런데 그게 와전되고 와전되자, 중 3짜리를 룸살롱으로 끌고 가기 위해 협박했다는 식으로 소문이 왜곡되었다.

누구도 권소인이 신황금파의 보스라는 말은 하지 않았지만 권소인이 어떤 인간인지 방송계 사람들은 잘 알고 있었고, 설사 모른다고 해도 그 건물주가 권소인이라는 소문은 이미 빠르게 퍼지는 중이었다.

비록 권소인은 모른다고 딱 잡아떼고 있다지만 얼마 전 뉴스에서 나온 사건이 음주 운전 사건이라는 걸 모를 만큼 방송계 사람들이 멍청하지는 않았다.

"뭐 하는 거야! 일 안 해!"

"헉, 조 PD님!"

"지금이 수다 떠는 시간이야! 지금 업무 시간이야, 이년들아!"

"죄송해요."

"빨리 가서 대본 써!"

"그…… 조 PD님."

수다를 떨던 작가들은 찔끔했다.

조 PD. 자신들의 작품인 〈뷰티풀 라이프〉라는 프로그램의 PD이니까.

파리 목숨인 작가들에게는 저승사자나 마찬가지였다.

"왜!"

조 PD는 작가가 자신을 부르자 화를 버럭 냈다.

"저…… 그…… 권소인 씨는 어떻게 할까요?"

이건 확인해야 하는 문제다.

권소인은 〈뷰티풀 라이프〉의 출연진이다. 그것도 핵심 출연진.

아름다운 인생에서 성공한 사업가로서의 모습이 얼마나 중요한지 아니까.

문제는 지금 권소인의 상황이다.

"왜? 빼고 싶어? 누구 마음대로? 어?"

"네?"

"야, 누구 마음대로 빼라 마라야. 이 쌍년아! 네가 PD야? 네가 PD냐고!"

"아…… 아니에요."

"권소인이 억울하다잖아. 그걸 네가 맘대로 빼려고? 참 잘났다? 그치? 네가 권소인보다 잘났어."

"아닙니다. 가서 소인 씨 대본도 쓸게요."

필요 이상으로 과격하게 흥분하는 조 PD를 본 작가들은 다급하게 휴게실을 나와 사무실로 향했다.

그리고 어느 정도 휴게실에서 멀어지자 자기들끼리 떠들었다.

"저년도 받아먹은 것 같지?"

"저년도 100% 받아먹었지, 뭐. 그 신황금파에 속한 년일걸."

"그럴지도."

"야, 아니면 권소인이 그렇게 버티는 이유가 뭔데? 솔직히 〈뷰티풀 라이프〉라고 나오기는 하지만 아름다운 인생은 아니잖아. 우린 예능 콘셉트도 아니고."

"그건 그래."

〈뷰티풀 라이프〉의 콘셉트는 '노력하는 인생은 아름답다.'이다.

그래서 다른 출연진은 노력을 하면서 자신의 삶을 최선을 다해서 이루어 간다.

하지만 권소인은 그게 아니다. 돈으로 플렉스 하고 화려하게 삶을 이어 간다.

분명 어떤 면에서 보면 아름다운 삶이지만 콘셉트인 노력하는 인생에는 맞지 않는다.

그래서 벌써 몇 년째 〈뷰티풀 라이프〉 시청자 게시판에는 하차 요구가 가득했지만 PD가 철저하게 무시하고 있었다.

심지어 다른 사람들은 몇 번씩이나 바뀌었는데도 권소인만 혼자 계속 방송에 나오고 있다.

"저거 붙어먹은 거야, 분명."

"그, 남돌이나 남자 연습생도 끌고 갔다면서?"

"그렇지. 왜?"

"어머, 너 몰라? 조 PD가 어린 남자 아이돌만 보면 눈깔 돌아가잖아. 그걸 몰랐단 말이야?"

"진짜야? 어머, 어머."

그들은 슬쩍 눈치를 살피다가 사무실로 향하던 발걸음을 다른 곳으로 옮겼다.

"진짜로 남돌만 봐도 눈 돌아갔어?"

"소문으로는 그런가 봐. 지난번에도 데뷔한 남돌 엉덩이 주물럭거리다가 한번 시끄러웠잖아."

"아, 맞다. 그거 소속사에서 한 소리 했다면서?"

"그 회사가 엔터테인먼트조합 소속이니까 항의라도 했지, 일반 회사였으면 턱도 없었을걸."

"그건 그렇겠네."

"그런 년이 접대를 안 받았을까? 난 분명 접대받았다에 한 표."

두 사람이 그렇게 떠드는 사이, 조 PD는 휴게실에서 이를 악물고 있었다. 자신을 피하는 시선을 느낀 것이다.

소리를 지른 대상은 작가 두 명이지만 휴게실에 있던 다른 사람들도 모조리 조 PD를 피해서 나가 버렸다.

"씨팔."

조 PD는 입술이 바짝바짝 말랐다.

"돈을 돌려받아야 하는데."

조 PD가 권소인에게 투자한 돈은 무려 5억이다. 대출을 풀로 당겨서 투자한 거다.

그간은 그에 걸맞은 돈이 돌아왔지만 이제는 다 망하게 생겼다.

"미치겠네."

그녀는 머리를 부여잡았다.

그나마 연봉 좋은 PD라 부당 대출하진 않아서 수사 대상까지는 아니지만, 5억이라는 돈은 절대로 작은 돈이 아니다.

"날려 버릴 수도 없고."

마음 같아서는 날려 버리고 싶다.

그렇잖아도 신황금파가 아니냐면서 자신에게 의혹의 눈길을 보내는 게 극도로 부담스러운 상황이다.

문제는 권소인이 날아가면 그녀가 투자한 5억도 날아간다는 거다.

그리고 그녀가 권소인에게 5억을 투자했다는 사실이 알려지면 그때부터는 대놓고 신황금파라는 소리를 듣게 될 것이다.

"이게 아닌데."

투자하고 온갖 접대를 받을 때는 좋았다.

방송국에서는 그림의 떡이던 남돌들을 추락시켜 술집에서 주물럭거릴 때는 세상의 왕이 된 느낌이었다.

잘만 하면 컴백 기회나 데뷔 기회를 준다는 말에 아양을 떠는 남자들을 보면 너무 행복해서 눈물이 날 지경이었다.

그랬는데.

"망할 권소인, 개 같은 새끼."

갑자기 모든 게 틀어졌다.

경찰이 권소인을 노리고, 주변의 시선이 이상해졌다. 그리고 윗선에서는 어떻게든 신황금파를 박멸하라며 대대적인 조사가 이루어지고 있다.

당연하게도 친권소인 행보를 이어 온 조 PD는 그 신황금파로 의심받고 있었다.

"내가 어떻게 여기까지 왔는데."

여기서 이렇게 추락할 수는 없었다.

어떻게 해서든 살아남겠노라고 조 PD가 속으로 결심하는 그때, 생각지도 못한 일이 벌어졌다.

"조 PD님?"

"누구야!"

"접니다."

부하 직원이 나타나자 그녀는 짜증이 났다.

"왜? 내가 찾지 말라고 했잖아!"

너무 심란한 나머지 자신을 찾지 말라고 말한 지 30분도 지나지 않았다. 그런데 왜 자신을 부른단 말인가?

"아, 그게, 위에서 모이시랍니다. 그런데 핸드폰이 꺼져 있다고…….."

확실히, 짜증이 너무 난 나머지 핸드폰을 꺼 두긴 했다.

"그래서?"

"무전기로도 찾고 그랬는데 응답이 없으셔서…….."

무전기도 놓고 왔다. 그러니 응답이 없을 수밖에.

"무슨 일인데?"

"아까도 말씀드렸다시피 모이시랍니다."

"모이라고?"

오라는 것도 아니고 모이라니.

"누가?"

"부사장님이요."

그 말에 조 PD는 등골이 서늘해졌다.

부사장이 모이라고 할 정도면 심각한 일이 터졌다는 소리
니까.

　사장은 지금 업무로 인해 해외 출장 중이다.

　그런 상황에서 부사장이 모이라고 했다는 건, 원래대로라
면 사장이 모이라고 했을 정도로 심각한 일이라는 의미이기
도 했다.

　"도대체 왜?"

　"저도 모릅니다. 하지만 PD급 이상은 다 모이라고…….″

　"어디로?"

　"4촬영장으로요."

　그 정도 인원이 모이려면 결국 촬영장일 수밖에 없기에 조
PD는 한숨을 내쉬며 자리에서 일어났다.

　4촬영장이면 오늘 촬영 계획이 없는 곳이다.

　"알았어."

　"빨리 가 보세요. 연락 온 지 30분이나 지났습니다."

　"그러면 방송이라도 하든가."

　"모르죠."

　'PD급들 이상을 소집해야 한다면 차라리 사내 방송으로
알리는 편이 나을 텐데.'라고 투덜거리면서 조 PD는 4촬영
장으로 향했다.

　그곳에서 무슨 일이 벌어질지 꿈에도 생각하지 못한 채로.

"그래서, 확실하게 찾아낼 수 있단 말이죠?"

"확실하게는 아닙니다. 하지만 의심스러운 놈들은 걸러낼 수 있을 겁니다."

"의심스러운 놈들을 걸러낸다?"

"네. 주저하는 놈들은 켕기는 게 있다는 뜻 아니겠습니까?"

노형진의 말에 부사장은 고개를 끄덕거렸다.

"개 같은 새끼들. 일하라고 뽑아 뒀더니 조폭 노릇이나 하고 자빠졌다니."

부사장은 화가 머리끝까지 난 상황이었다.

소위 말하는 신황금파, 그 주력이 방송계 사람들이라는 소문이 돌고 자신 역시 그런 의심을 받고 있었으니까.

존경받는 부사장에서 갑자기 조폭 수괴 취급을 받고 있으니 부사장 입장에서는 창피하기 그지없었다.

"쌍놈의 새끼들. 이번 기회에 싹 다 털어 낼 거야."

물론 방송계 특성상 무명이나 아직 성공하지 못한 사람들에게 갑질하는 행태가 아예 사라질 수는 없다.

부사장 역시 그런 시절을 겪은 사람이다.

그랬기에 PD들이 조금 갑질을 한다고 해서 탓하거나 자를 생각까지는 없었다.

그러나 갑질과 범죄는 전혀 다른 이야기다.

갑질은 했을지언정 범죄를 저지르지는 않은 부사장은 이번 사태를 그냥 넘길 수가 없었다. 더군다나 사장도 자리에 없는 상황 아닌가?

'이번이 기회이기도 하고.'

사장이 없는 사이에 이걸 제대로 처리하면 다음 사장이 될지도 모르는 상황.

그러니 그는 어떻게 해서든 신황금파라는 놈들을 박멸할 생각이었다.

"야, 조 PD 아직이야? 이 새끼 튄 거야?"

"아닙니다. 저 왔습니다."

다급하게 도착한 조 PD를 마지막으로 PD급 이상은 다 모였다.

'제법 많네.'

노형진이 부사장에게 PD급 이상만 모아 달라고 한 이유는 사실 간단하다. 그 아래는 투자할 급도 안 되고 권소인이 사람 취급도 안 할 테니까.

방송국 사람들이 무명에게 갑질을 하듯, 연예인 중에 역으로 방송국 사람들에게 갑질하는 놈들도 넘치고 넘친다.

갑질이란 자리의 문제가 아니라 인성의 문제니까.

"다 온 거지? 명단 확인해 봐."

"외부 촬영하러 나간 사람 말고는 다 왔습니다."

"문 잠가."

"네?"

"문 잠그라고, 이 새끼들아!"

그 말에 미리 불려 와 있던 경비 요원들이 당황한 기색으로 문을 잠그고 그 앞에 섰다. 문을 잠그라는 이야기는 누구도 나가거나 들어오지 못하게 하라는 소리니까.

"무슨 일이야?"

"뭔 일입니까?"

"부사장님? 저기, 설명이라도 좀…….

불려 온 사람들은 당황해서 되물었다.

그리고 부사장은 모여 있는 놈들에게 소리를 질렀다.

"여기 있는 노형진 변호사님에게서 제보가 들어왔다."

"노형진?"

"노형진이 왜?"

노형진이라는 말에 불안한 눈치가 되는 사람들.

그도 그럴 게 노형진과 엮여서 좋은 꼴을 본 적이 단 한 번도 없기 때문이다.

특히 뉴스나 시사 쪽은 노형진을 날려 버리려고 허위 사실을 유포했다가 소송당해서 자살한 기자가 있을 만큼 노형진이라고 하면 악몽 그 자체였다.

그런데 그 노형진이 여기에 왜 왔단 말인가?

"그건…… 아오, 노 변호사님. 대신 말씀하세요. 나 화가 나서 못 있겠네."

"그러지요."

노형진은 자리를 비켜 주는 부사장에게 고개를 숙여 감사 인사를 건넨 뒤 전면으로 나섰다.

"저희는 신황금파에 대해 새로운 정보를 얻었습니다."

"신황금파에 대한 새로운 정보?"

"그게 무슨 소리입니까?"

신황금파라는 말에 다들 예민하게 반응했다.

요즘 방송계에서 그들을 모르는 사람은 없으니까.

"신황금파가 어떤 조직인지는 다 아시죠?"

"네."

이미 뉴스에서 한번 떠들었고, 심지어 신황금파를 안다는 조폭이 익명의 인터뷰까지 한 시점이라 그 조직에 대해 모르는 사람은 없었다.

'그리고 그 인터뷰가 핵심이지.'

노형진이 굳이 조폭을 이용해서까지 가짜 인터뷰를 받아 낸 이유가 뭐겠는가?

진짜로 신황금파의 존재를 증명하기 위해서?

물론 그것도 있다.

하지만 그 이면에는 더 큰 계획이 있었다.

"다들 아시겠지만 신황금파는 폭력 조직이 아니라 자본이 폭력과 결탁한 범죄 조직입니다."

"그래서요?"

"그래서 신황금파에 가입하기 위해서는 조건이 있습니다. 일정 이상의 돈을 투자할 것."

그 말에 누군가는 눈동자가 흔들리기 시작했고, 다른 누군 가는 뭔 소리인가 하는 얼굴로 멀거니 노형진을 바라보았다.

"그러니까 돈을 주면 조직원으로 받아 준다는 겁니까?"

"네. 신황금파는 주먹으로 통제되는 폭력 조직이 아닙니다. 돈으로 컨트롤되는 기업의 형태를 가진 신흥 폭력 조직이죠."

"그런데 그게 우리랑 무슨 관계입니까?"

"아시다시피 검찰과 방송국 그리고 각 언론사에서 내부에 숨어 있는 신황금파를 걸러내기 위해 노력 중이지만 쉽지 않 습니다."

왜냐하면 조직원이라는 증거도, 증언도 없으니까.

돈을 투자하는 건 불법이 아니다. 그 돈으로 범죄를 저지 르다가 걸려도 나는 몰랐다고 하면 그만이다.

흔하게 쓰는 방법이고, 실제로 그렇게 하면 책임을 묻기 힘들다.

'하지만 이러면 이야기가 달라지지.'

신황금파라는 조직을 만들어 표면으로 띄우고 이렇게 떠 든 이유.

그건 단순히 사람들의 피부에 위협이 와닿게 하려는 목적 만이 아니었다.

'투자금과 입회비는 다르단 말이지.'

투자금은 자기는 몰랐다는 식으로 말하면 그만이다. 하지만 그게 투자금이 아니라 입회비라면 이야기는 달라진다.

"그거랑 우리가 무슨 관계란 말이죠?"

다급하게 조 PD는 노형진의 말에 다시 한번 거칠게 항의했다.

불안감이 스멀스멀 올라오면서, 어떻게 해서든 노형진을 막아야 한다는 걸 직감적으로 느낀 거다.

하지만 아무리 그녀가 잘나가는 PD라고 해도 이미 굴러가는 거대한 톱니바퀴를 막을 수는 없었다.

그녀가 할 수 있는 건 그저 그 거대한 톱니바퀴에 깔려서 끔살 당하는 것뿐이었다.

"간단합니다. 이 서류를 보세요."

노형진은 서류를 내밀어서 흔들어 보였다.

"각서입니다."

"각서?"

"네. 자신은 신황금파 또는 권소인에게 아무런 채권 사항도 없다는 각서입니다."

"권소인?"

"그 가수?"

"그 새끼가 왜?"

"아실 분들은 아실 텐데요? 슬슬 소문이 돌지 않았습니까?"

그 말에 누군가는 눈이 커졌고, 다른 누군가는 여전히 모르는 눈치였다.

"뭔데?"

"야, 나 좀 알려 줘."

"그 신황금파 보스가 권소인이라는 이야기가 있어요."

"으엑? 그놈이?"

"하긴, 그 새끼가 하는 꼴을 보면 가수보다는 조폭에 가깝기는 하지."

일부는 놀라는 듯했지만 권소인의 인성을 알고 있는 사람들은 별로 놀랍지도 않다는 듯 고개를 끄덕거렸다.

"지금부터 여러분은 이 각서에 사인하고 제출하시면 됩니다."

"뭐?"

"여러분이 신황금파와 아무런 관련이 없다면 이 서류는 아무런 의미도 없는 쓰레기가 되겠죠."

과거에 준 돈도, 달라고 할 돈도 없으니 당연히 쓰레기다.

"하지만 여러분이 신황금파에 돈을 주거나 입회비를 내신 조직원이라면 이 각서는 심각한 타격이 될 겁니다."

각서를 내놓는 순간 그들에게 준 돈을 포기하는 셈이 될 테니까.

"만일 권소인이나 신황금파 쪽에서 채권 소송이 시작된다면 저희는 이 서류를 그들에게 줄 겁니다."

"그러면……."

"네, 재판에서 지겠지요."

"……."

순간 흐르는 침묵.

그렇다고 각서에 사인을 하지 않는다? 그러면 자신이 신황금파라는 가장 확실한 증거가 되는 셈이다.

그런데 그 상황에 과연 회사에서 그런 자신을 가만둘까? 그럴 리가 없다.

"잘 생각해라, 이 새끼들아."

부사장이 이를 박박 갈면서 나서서 말했다.

"이번 일, 그냥은 넘어가지 않을 거다. 쌍놈의 새끼들. 갑질은 둘째 치고 인신매매를 해? 걸리는 새끼들은 다 뒈지는 줄 알아."

부사장은 주저하지 않고 각서를 하나 받아서는 사인하고 옆에 놓인 인주에 엄지손가락을 찍어 꾸욱, 지장까지 찍었다.

그리고 그 앞에 있는 직원 앞에 서서 각서를 들고 사진까지 찍었다.

노형진과 같이 온 직원은 그 사진을 찍어서 하드에 저장했다.

"다들 보셨죠? 간단합니다. 각서에 사인하고 손가락으로 지장 찍으시고, 각서를 들고 사진 찍으시고."

"이거…… 월권 아니야?"

누군가가 당황해서 소리를 질렀다.

하지만 그런 그의 질문은 부사장의 고함에 묻혀 버렸다.

"어떤 새끼야!"

"……."

"어떤 새끼냐고!"

그리고 시선이 한 사람에게 쏠렸다.

"곽 부장 너냐?"

"그게…… 부사장님, 그게, 월권 같아서……."

"어, 그래. 월권이다. 꼬우면 고소해, 이 새끼야. 하지만 넌 오늘부터 감사 대상이다."

그 말에 곽 부장의 얼굴이 창백해졌다. 감사 대상이라는 건 무슨 수를 써서라도 자르겠다는 소리였으니.

"아, 그리고 신황금파라는 게 드러나면 손해배상 책임도 져야 하는 거 아시죠?"

"뭐…… 뭐라고?"

"돈을 받아 내는 게 문제가 아니라 돈을 토해 내야 한다는 거죠."

노형진은 싱글벙글 웃으며 말했다.

"피해자가 수백 명이 넘는 것 같던데, 같이 참여하세요. 참가하는 사람이 많을수록 개개인이 갚을 돈이 줄어듭니다. 물론 인신매매와 마약 판매 방조범으로서의 형사처벌은 별도라는 거, 아실 거라 믿습니다."

빌려준 투자금이라는 걸 증명해야 한다.

뭐, 투자금이라고 계약서야 받았으니 증명은 할 수 있다.

그러나 그러면 방송국에서 잘리고 사회적으로 매장당한다.

사회는 이미 그 돈이 투자금이 아니라 신황금파라는 거대한 폭력 조직의 입회비라고 생각하고 있으니까.

"간단합니다. 찍으세요."

지장 찍고 사진 찍고, 두 번만 찍으면 된다. 그리고 대번에 분위기가 쏠리기 시작했다.

"니미럴. 기분 나쁘긴 한데."

누군가 나서서 무심하게 사인하고 지장 찍고 사진까지 찍었다.

"바빠 뒈지겠는데 별걸 다 시키네."

"그러니까. 별거 아닌 걸 가지고."

권소인과 아무런 관련이 없는 사람들. 그들이 앞으로 나서서 먼저 서류를 작성하기 시작한 거다.

노형진의 말대로 아무런 돈을 주고받지 않았다면 그냥 쓰레기일 뿐이니까.

하지만 주저하는 사람들도 있었다.

투자금은 보통 수천만 원을 넘어 수억 단위다. 그마저도 자기가 번 돈도 아니고 대출을 풀로 땡겨서 투자한 놈들 천지다. 그런데 그걸 포기하라고?

그 말은 자기보고 망하라는 소리다. 평생을 벌어도 그 돈을 벌 수 있을지 없을지 알 수가 없으니까.

그렇다고 사인을 안 한다? 저기 곽 부장처럼 감사당할 테고 해직은 순식간일 거다.

게다가 돈 잘 버는 방송국에서 쫓겨나면 그 돈을 어떻게 갚으란 말인가? 신황금파라는 조직에 관련되었다는 이유로 어디에도 취업을 못 할 거다.

어떤 미친놈이 인신매매 조직 출신을 쓰겠는가?

"어…… 어……."

조 PD는 미칠 것 같았다. 하지만 이내 선택지가 없다는 걸 알아차렸다.

자신이 풀로 당겨서 대출해서 투자한 돈이 5억. 그런데 자신의 연봉이 1억이다. 허리띠를 졸라매면 어떻게든 메꿀 수 있겠지만 여기서 사인하지 않으면 연봉이고 나발이고 다 날아가는 거였다.

"할게요. 하면 되잖아요!"

결국 눈물을 머금고 사인을 하는 조 PD.

그리고 그런 그녀를 보고 쭈뼛거리며 사인하는 몇몇 사람들.

노형진은 그 모습을 보고 천천히 부사장에게 다가갔다.

"제가 구분할 수 있다고 했죠?"

"그렇군요. 개 같은 새끼들."

관련이 없는 사람들의 얼굴에는 귀찮음과 짜증이 서려 있었다. 반면에 관련된 사람들은 그 얼굴에 분노와 억울함이 서려 있었다.

그리고 한쪽에서는 새론의 프로파일러들이 그 면면들을 보면서 의심스러운 사람을 골라내고 있었다.

이제 저들은 집중 감사 대상이 될 거다.

"그렇잖아도 어떻게 찾나 고민했는데 쉽게 찾았군요."

부사장은 이를 박박 갈면서 말했다.

'자, 이쪽도 이 정도면 된 것 같고.'

저들은 자신의 돈 때문에 권소인을 보호하려 했을 거다. 실제로 그래 왔고 말이다.

하지만 지금 저들은 자신의 채권에 대한 포기 각서를 썼다.

즉, 이제는 돈을 받고 싶어도 못 받는다는 소리다.

채권 소송이 시작되면 노형진이 이 포기 각서를 그들에게 건네준다고 했으니까.

'물론 진짜로 줄 생각은 없지만.'

하지만 한 가지는 확실하다.

돈을 날렸다고 생각할 테니 이제는 굳이 권소인을 보호해 줄 이유도 없어졌다는 것.

'드디어 손발 다 잘랐다.'

이제 남은 건 본게임이었다.

'이번에는 못 빠져나갈 거다, 후후후.'

노형진은 억울한 사람들로 가득한 촬영장 안을 바라보면서 미소를 지었다.

다음 권으로 이어집니다